Carlo Meier

Übergabe drei Uhr morgens

Liebe Leserinnen und Leser

Wie bei allen Kaminski-Kids-Abenteuern haben auch beim vorliegenden Band meine drei Kinder **Sidi**, **Anuschka** und **Saskia** tatkräftig mitgeholfen: Sie steuerten von Anfang an viele Ideen bei und nahmen mit ihren Einfällen bis zum Schluss Einfluss auf die Geschichte. Vielen Dank für die tolle Zusammenarbeit! Bedanken möchte ich mich auch bei meiner Frau **Andi**, ohne die dieses Buch nie möglich geworden wäre.

Mein Dank geht ebenfalls an die Fachleute **Titus Bürgisser** und **Thomas Pfister**, die es mir durch ihre sachkundige Beratung ermöglichten, den Roman realitätsnah und auf aktuellen Fakten beruhend auszugestalten.

Nun hoffe ich, dieses Abenteuer gefällt Euch allen ebenso gut wie die anderen Storys mit den Kaminski-Kids Simon, Debora und Raffi und ihrem Collie Zwockel!

Viel Spaß wünscht Euch

Carlo Meier
fanclub@kaminski-kids.com

Internet: Besucht die *Kaminski-Kids* unter **www.kaminski-kids.com** und schreibt Euch im Gästebuch ein oder schaut nach, was die Kids über sich selbst erzählen! Auch für Erwachsene gibt es dort viele Informationen rund um die Storys, über Lesungen mit dem Autor, Schulprojekte und den Autorensteckbrief.

Kaminski-Kids-News per E-Mail: Willst Du regelmäßig den kostenlosen *Kaminski-Kids-Newsletter* erhalten? Jetzt abonnieren auf **www.kaminski-kids.com**

Carlo Meier

Übergabe drei Uhr morgens

BRUNNEN
VERLAG BASEL · GIESSEN

Dieses Buch entstand mit freundlicher Unterstützung von:

Stadt und Kanton Zug
Migros Kulturprozent
Pro Juventute
Evangelisch-reformierte Kirche der Stadt Zürich
Katholische Kirchgemeinde Zug
Lego AG
Alice und Walter Bossard Stiftung
Ernst Göhner Stiftung
Dr. A. C. Brunner Fonds

Ein Kultur-Engagement des Lotterie-Fonds
des Kantons Solothurn

Bibliografische Information der Deutschen Bibliothek
Die Deutsche Bibliothek verzeichnet diese Publikation in der Deutschen Nationalbibliografie; detaillierte bibliografische Daten sind im Internet über http://dnb.ddb.de abrufbar.

7. Auflage 2014

Umschlag: Lisa Gangwisch, Basel
Illustrationen Innenteil: Monica Verena Keusch, Oberwil/ZG
Typographie Umschlag: Michael Basler, Lörrach
Satz: Uhl + Massopust, Aalen
Druck: Freiburger Graphische Betriebe
Printed in Germany

ISBN 978-3-7655-1639-9

Inhalt

Das Geheimnis in der Schublade

1

«Pssst!»

«Nicht so laut!» Mit angehaltenem Atem schlichen die drei Kinder durch den Flur. Ein verkohlter Geruch lag in der Luft. In der Küche gab das neue Hausmädchen Silvia ein paar unschöne Worte von sich.

Die kleine Raffi konnte es nicht lassen, durch den Türspalt hineinzuspähen. Drinnen wischte Silvia am Herd mit einem Lappen und Allesreiniger übergekochte Milch weg, doch der Lappen blieb kleben, und die Haushälterin riß ihn schimpfend weg, während aus dem Topf laufend neue Milch schäumte.

«Komm endlich, Raffi!» flüsterte Simon. «Wenn wir ihr Zimmer auskundschaften wollen, müssen wir rein, solange sie beschäftigt ist!»

«Erst drei Tage ist Silvia jetzt bei uns, und ihr passiert schon wieder eine Panne! Das ist doch nicht normal!» murmelte Debora hinter vorgehaltener Hand.

Die Holzbohlen ächzten leise, als sie die Treppe hochstiegen. Alle drei Kinder wußten, daß die fünfte und die achte Stufe lauter knarrten als die anderen, weshalb sie diese immer ausließen, wenn sie heimlich rauf oder runter wollten.

Im Obergeschoß tapsten sie an Simons Zimmer vorbei. Vor der Kammer der Hausangestellten blieben sie stehen.

«Wollen wir's wirklich tun?» Debora blickte bange. «Wenn das die Eltern rauskriegen! Oder wenn Silvia merkt, daß wir reingegangen sind!»

Raffi guckte aus großen Augen und zuckte die Schultern, um ihre Aufregung zu verstecken.

Entschlossen drückte Simon die Türklinke runter. «Sie werden's schon nicht merken. Raffi, du hältst hier Wache! Wenn jemand die Treppe raufkommt, beginnst du einfach zu husten.»

«Ich will nicht draußen bleiben!» Die Kleine war ganz zappelig. «Ich möchte bei euch sein!»

«Es dauert nicht lange», beschwichtigte Debora.

Und Simon setzte hinzu:

«Hast du etwa Angst, Kleine?»

«Sicher nicht!» antwortete Raffi. «Ich bin nicht klein! Ich geh doch jetzt auch zur Schule!»

«Also gut – dann halte Wache.»

Raffi nickte flau: Ihr war nicht ganz wohl bei der Sache.

Debora und Simon traten in den Raum, der unverschlossen war, denn alle Türen des alten Hauses konnte man nur von innen mit einem Riegel zusperren.

In der Kammer herrschte eine mordsmäßige Unordnung.

Wenn das bei *uns* so aussähe, dachten die Kinder, würden unsere Eltern schön ausflippen!

Der Fußboden war bedeckt mit Schallplatten, Sokken und einer mitten in den Raum gestellten Grünpflanze, die dringend mal Wasser brauchte. Auf dem Bett lagen Schokoladenpapier und aufgeschlagene Hefte mit Foto-Lovestorys neben der zerknüllten Decke und dem abgetragenen Nachthemd.

«Hier sieht's ja aus, als wär eine Bombe explodiert!» frotzelte Simon.

Der Schreibtisch war übersät mit Klamotten. Dazwischen ragten Plastikschälchen heraus, in denen noch Reste von Salat klebten. Aus dem Chaos zog Debora ein schmales Buch hervor. Es trug den Titel HAUSHALTEN EINFACH GEMACHT.

Während Simon unters Bett schaute, blätterte Debora in dem Büchlein. Auf der ersten Seite stand: *Regel Nr. 1: Halten Sie immer Lappen und Allesreiniger bereit.*

«Sieh mal, hier!» Simon kauerte am Boden und hielt Debora eine kleine Schachtel entgegen. Drin lag ein Schlüssel.

Auf dem Flur begann Raffi zu husten.

Blitzartig machte Simon das Schächtelchen wieder zu und warf es unters Bett zurück.

Debora quetschte das Buch in den Kram auf dem Tisch.

Beide rannten vom Zimmer auf den Flur hinaus.

Weil Raffi trotzdem nicht zu husten aufhörte, raunte Simon aus dem Mundwinkel:

«Es reicht! Wir haben's geschnallt.»

Doch die Kleine japste weiter. Mit tränenden Augen preßte sie hervor:

«Ich hab bloß was in den falschen Hals gekriegt.»

«Ja Bingo!» Vorwurfsvoll verzogen Simon und Debora den Mund und blickten Raffi strafend an. Aber wirklich böse waren sie ihr nicht.

Mittlerweile erfüllte der Gestank aus der Küche auch die erste Etage. Außer ihm kam aber niemand nach oben.

«Was das wohl für ein Schlüssel ist, den sie da unter dem Bett liegen hat?» fragte Debora.

Für Simon war der Fall klar:

«Wir müssen nochmals rein.»

«Diesmal komm ich aber auch mit», sagte Raffi.

«Jetzt geht das schon wieder los!» stöhnte Simon. «*Du* hast uns ja rausgehustet!»

Enttäuscht senkte die Kleine den Kopf.

«Aber das nächste Mal ist jemand anders dran», schmollte sie, doch die anderen waren schon wieder hinter der Tür verschwunden.

Im hinteren Teil des Flurs gab der Sicherungskasten ein mechanisches Ticken von sich. Das tat er schon die ganze Zeit.

Raffi warf einen Kontrollblick zur Treppe. Da niemand kam, schlich sie hinüber zu den beiden alten Holzschränken und dem Sicherungsbrett.

Sie betrachtete das Ding, obwohl es ihr ein wenig ungeheuer war – oder vielleicht gerade deswegen. In einem der schwarzen Gehäuse drehte sich eine kleine gezackte Metallscheibe so leise, daß man ihr Surren nur hörte, wenn man sich auf die Zehenspitzen stellte und ganz nah hinhorchte. Darunter schauten weiße Sicherungen mit grünen und roten Köpfchen heraus. Raffi hoffte, daß vielleicht eine Sicherung durchbrennen und das farbige Köpfchen wegschnellen würde, aber der Wunsch ging nicht in Erfüllung.

In der Kammer schaute Debora sich um, während Simon den Schlüssel aus der Schachtel hervorholte. Soweit sie entdecken konnte, gab es im ganzen Raum nur ein einziges Schlüsselloch, und das befand sich in der oberen Schreibtischschublade.

«Versuch's mal hier.»

Simon steckte den Schlüssel rein. Vorsichtig drehte er ihn. Es funktionierte.

Bevor er öffnete, blickte er Debora fragend an. Obwohl er zwei Jahre älter war als sie, wollte er doch wissen, ob sie einverstanden wäre, bevor sie so etwas Verbotenes taten.

Sie kratzte sich am Kopf, was sie immer tat, wenn sie überlegte, und nickte dann zaghaft.

Langsam zog er die Schublade heraus. Beide hielten den Atem an.

In dem Fach lagen genau zwei Dinge.

Das eine war ein Reisepaß.

Simon schlug ihn auf. *Silvia Bühlmann, geboren 2. August 1978* – also war das Hausmädchen vor ein paar Tagen genau 20 geworden –, *Haarfarbe schwarz, Augen blau.*

Da war nur ein Problem.

Debora flüsterte:

«Aber sie sagte doch, sie heiße Schneider, Silvia Schneider, und nicht Bühlmann. Außerdem hat sie doch nicht schwarze, sondern blonde Haare!»

«Mit einer grünen Strähne drin», ergänzte Simon.

«Trägt die eine Perücke?» sprach Debora zweifelnd aus, was beide dachten. «Und wenn ja, warum?»

«Das ganze kommt mir ziemlich seltsam vor», murmelte Simon beunruhigt.

Debora runzelte die Stirn. «Und wieso versteckt sie den Schlüssel unter dem Bett?»

Sie klaubte den zweiten Gegenstand aus der Schublade: ein kariertes Stück Papier, auf dessen Rückseite so etwas wie ein Lageplan gezeichnet war. Eine Weile starrten Debora und Simon auf die Skizze.

«Weißt du, was das ist?» fragte er tonlos.

«Sieht aus wie der Plan eines Hauses.»

«Guck mal. Da ist mit Rot ein Pfeil eingezeichnet.»

«Du, ich glaube …»

«Das ist doch …»

Entgeistert blickten sie sich an.

Jump
and
Win

Das gefährliche Versteck

2

Simon zeigte Debora eine Stelle auf der Planskizze, wo in krakeliger Handschrift etwas hingekritzelt war.

«Kannst du das lesen?»

In diesem Moment fing draußen Raffi an zu husten.

Sie schauten sich an.

Debora hielt sich das Blatt mit dem Geschreibsel nah vor die Augen.

«Die hat vielleicht ’ne Schrift», murmelte sie, während die Kleine vor der Kammertür weiterhustete. «Warte, ich hab’s. Das heißt: *3 Uhr morgens.*»

Raffi schob den Kopf ins Zimmer.

«Kommt doch endlich!» zischte sie aufgeregt. «Silvia hat schon zweimal nach uns gerufen – und jetzt ist sie auf der Treppe!»

«Was?» Simon und Debora glotzten sie an. «Dann sieht sie uns ja beim Rauskommen! Lenk sie ab, wir verstecken uns hier drin!»

«Aber… wie denn ablenken?»

«Nichts aber!»

Raffi sah noch, wie Simon auf den Kleiderschrank deutete und sich selbst unters Bett quetschte. Dann zog sie leise die Tür zu.

Auf der Treppe knarzte es laut.

Die achte Stufe.

Silvia erschien im oberen Flur.

«Ah, hier bist du!» Fragend blickte sie Raffi an. «Wo sind die anderen?»

Die Kleine wippte mit dem Oberkörper vor und zurück und lächelte schüchtern. Alle aus ihrer Familie hätten sofort gemerkt, daß sie etwas verheimlichte – Mutter und Geschwister als erste, aber auch Vater und Großvater.

Forschend schaute die Hausgehilfin im Flur herum.

«Eure Mutter will euch sehen! Ihr sollt sofort rüberkommen. Alle drei.»

«Ich sag's ihnen», antwortete Raffi treuherzig.

«Ja, aber nicht erst, wenn wir alle Gruftis sind. Heute noch, klar?»

Raffi nickte und blickte auf den Fußboden mit dem grauen Läufer, der an den Stellen, wo man am meisten hintrat, durchscheinend war. In der Diele war es ganz still. Man hörte nur das Ticken des Sicherungskastens.

«Okay», befand Silvia schließlich. Dann trat sie auf ihre Kammer zu und legte die Hand auf die Türklinke.

Raffi begann so kraß zu husten, als müßte sie gleich ersticken.

«Was ist denn, ey?» Besorgt drehte die Haushälterin sich um und kniete bei ihr nieder.

«Nichts», stieß Raffi atemlos hervor. «Vielleicht ist mir etwas in den falschen Hals geraten – aber nur vielleicht, ich bin nicht ganz sicher!»

«Ach so. Ich dachte schon, du hättest einen Halskrampf oder so was. Du hast doch vorhin schon die ganze Zeit gehustet.»

Silvia richtete sich wieder auf und überlegte:

«Was wollte ich doch gleich?»

Raffis Augen weiteten sich vor Schreck. Wenn die jetzt in die Kammer tritt...

Sie holte tief Luft für einen neuen Hustenanfall.

«Ach ja.» Die Hausangestellte wandte sich ab. «Jetzt fällt's mir wieder ein.»

Lässig schlurfte sie in den hinteren Teil des Flurs und öffnete den einen Holzschrank. Suchend streifte ihr Blick über die Lebensmittelvorräte. Da gab es Teigwarenpackungen, Büchsen mit Pilzen, Spargeln, Erbsen und Karotten, Säcke mit Reis, Zucker und Mehl. Silvia griff sich eine große Dose Ravioli heraus und schloß den Schrank wieder.

«Das war's», sagte sie und latschte zur Treppe.

Erleichtert atmete Raffi auf.

Doch auf der obersten Stufe blieb das Hausmädchen stehen und blickte sie scharf an. «Was guckst du so? Willst du da rummachen, bis du vermoderst, oder was?»

Die Kleine sah zur Holzdecke hoch.

Silvia schnaubte:

«Nun hol endlich die anderen aus dem Kinderzimmer!»

Kopfschüttelnd stapfte sie die Treppe hinunter.

Raffi zwang sich, nicht zur Kammer zu gehen, bevor Silvia ganz bestimmt unten wäre.

Um sich abzulenken, holte sie aus ihrer Hosentasche die Gummikakerlake, die sie vor ein paar Monaten bei ihrer Geburtstagsparty aus dem gesprengten Inhalt einer Tischbombe erobert hatte und seither immer mit sich herumtrug.

«Na, du», machte sie, doch die Kakerlake antwortete nicht. Sie steckte das braune Ding mit den ekligen dünnen Beinchen in die Tasche zurück.

Schließlich hielt sie es nicht mehr aus. Leise öffnete sie die Tür der Hausmädchenkammer.

Drinnen sah sie auf den ersten Blick unter dem Bett Simons Fuß herausragen.

«Na super!» sagte sie. «Dich hätte sie sofort gesehen!»

Der Kleiderschrank öffnete sich einen Spaltbreit. Debora linste heraus.

«Ist sie weg?»

«Klar, ihr könnt rauskommen.» Raffi rollte frech mit den Augen. «Oder wollt ihr noch vermodern hier drin?»

Ächzend robbte der Junge unter dem Bett hervor.

Debora stieg aus dem Schrank und umarmte die Kleine.

«Du warst Spitze, Schwester!»

Simon richtete sich auf und wischte die Jeans ab. «Ich würde sogar sagen, du warst Mega-Spitze! Check!» Symbolisch holte er aus und klatschte mit der flachen Hand auf ihre hingestreckte Händchenfläche. «Klasse, Mann!»

Raffi lächelte verschmitzt.

Mit verstellter Stimme äffte Simon die Haushälterin nach:

«Hol die anderen aus dem Kinderzimmer, aber nicht erst, wenn wir Gruftis sind! Willst du da rummachen, bis du vermoderst, oder was?»

Die drei hielten sich den Mund zu, damit man unten ihr Gekicher nicht hören konnte.

Raffi fragte:

«Du, was heißt eigentlich 'vermodert'?»

Debora bekam einen neuen Lachanfall, ihr Gesicht wurde ganz rot. Sie prustete:

«Und was ist ein Halskrampf?»

Nun mußten die drei wirklich aufpassen, daß sie nicht laut losplatzten vor Lachen.

«Wir sollten abhauen, bevor sie am Ende noch mal kommt», fand Simon zum Ernst der Lage zurück.

Debora legte die Planskizze in die Schreibtischschublade, Simon schloß sie ab und verstaute den Schlüssel wieder in der Schachtel unter dem Bett.

«Was habt ihr gefunden?» Raffi sah sie aus leuchtenden Augen an.

«Das erzählen wir dir nachher, sobald es geht», entgegnete Debora, als sie die Tür der Kammer von außen zuzog. «Erst müssen wir jetzt auf dem schnellsten Weg zu Mami.»

Und was nun?

3

Als die Kinder die Treppe runterkamen, war der Flur immer noch erfüllt mit dem Gestank der verkohlten Milch. Und das wurde nicht besser dadurch, daß Silvia draußen vor dem Haus stand und eine Zigarette rauchte.

«Man sollte besser mal kräftig durchlüften, anstatt noch mehr zu qualmen», sagte Debora verstohlen zu den anderen Kindern, während sie die Verbindungstür öffnete, die das Haupthaus mit dem Blumenladen verband.

Sie traten in den Verkaufsraum, und ein angenehm kühles Lüftchen umfing sie in dem hohen Gebäude mit dem Steinboden und dem erdigen Pflanzenduft. Früher war das hier eine Scheune, die jetzt in ein Blumengeschäft umgebaut war.

Gleich rechts von ihnen befand sich die Kasse, daneben die Eingangstür für die Kunden.

Sonnenblumen, Rosen, Margeriten und Klatschmohn wuchsen aus Zinn- und Kupferkübeln. Dazu waren Pflanzenerde, Spezialdünger, Töpfe und Zubehör ausgestellt.

In der Ecke links, hinter Glasscheiben abgetrennt, war das Büro. Dort saß Vater am Schreibtisch vor dem Computer und telefonierte.

An der Verkaufstheke band Mutter für eine Kundin einen Rosenstrauß.

«Da seid ihr ja endlich! Bringt schnell die Hochzeitsbuketts in den *ADLER* – Vater kann im Moment nicht weg.»

Sie zeigte durchs Fenster auf den Leiterwagen mit Blumenarrangements drauf, der draußen bei den Besucherparkplätzen stand.

«Super!» rief Raffi.

Überrascht schaute Mutter auf. Natürlich wunderte sie sich, daß die Kleine über die Besorgung so erfreut war. Aber sie wandte sich sofort wieder der Kundin zu, die sehr süß herüberlächelte. Wahrscheinlich glaubte die jetzt, dies seien die liebsten Kinder der ganzen Welt.

Simon und Debora flitzten raus zur Deichsel, hoben sie – er links, sie rechts – hoch und holperten mit dem Karren über den kopfsteingepflasterten Platz los, vorbei am plätschernden Brunnen und der Holztafel mit der Aufschrift KAMINSKIS BLUMENHOF.

Raffi hüpfte nebenher. «Jetzt geht's! Erzählt!»

«Pssst!» zischte Debora. «Erst wenn wir vom Hof weg sind!»

Sie bogen auf den Landweg ein und zogen den Wagen entlang der duftenden Weide.

Es war drückend heiß. Die Luft flirrte über der Erde. Grillen zirpten um die Wette, und in der Wiese bewegten sich überall Grashalme von herumhüpfenden Heuschrecken. Hummeln und Bienen summten um die weißen Margeriten herum. Am dunkelblauen Himmel brummte ein Flugzeug vorüber.

«Also! Laßt hören!» drängelte Raffi ungeduldig.

Simon sah Debora an. «Hast du dasselbe gedacht wie ich?»

«Ich glaub schon.»

«Der Plan, den wir in Silvias Zimmer gefunden haben...», begann Simon, und Raffi hing an seinen Lippen, um ja keinen Ton zu verpassen. «Da drauf ist nicht irgendein Haus eingezeichnet – das ist *unser* Haus!»

Debora setzte hinzu:

«Und der rote Pfeil zeigt auf den Hintereingang des Haupthauses!»

«Was?» fragte Raffi verwirrt.

Simon dachte laut nach. «Wozu bloß hat Silvia da einen Pfeil hingemacht? Und was bedeutet '3 Uhr morgens'?»

«Und wofür hat sie überhaupt die ganze Zeichnung gemacht?»

Raffi schaltete sich wieder ein:

«Silvia hat eine Zeichnung gemacht? Kann sie gut malen?»

«Ja Bingo!» Simon und Debora verzogen das Gesicht.

Raffi sah den beiden an, daß ihnen nicht zum Scherzen zumute war.

Simon sagte:

«Und dann hat sie erst noch einen falschen Namen angegeben – also irgend etwas ist da mehr als faul mit diesem Hausmädchen!»

«Ja, aber was sollen wir bloß tun?» Debora war's gar nicht mehr wohl in ihrer Haut. «Wir müßten es unbedingt Mami und Papi erzählen.»

«Müßten schon – aber das geht nicht! Sonst würden

sie doch auf der Stelle erfahren, daß wir in der Hausmädchen-Kammer waren, und sie haben uns doch immer wieder gesagt, daß wir da nicht reindürfen!»

«Oh-oh», machte Raffi, die inzwischen merkte, wie mulmig die Lage war. «Dann gibt es eine saftige Strafe!»

«Wir haben nur eine Wahl», stellte Simon ernst fest.

Debora nickte. «Wir müssen der Sache selber nachgehen! Aber wie nur?»

«Laß uns mal überlegen», sagte Simon. «Es könnte doch sein, daß Silvia die Zeichnung für jemand gemacht hat, der sich in unserem Haus nicht auskennt ...»

«Und mit dem sie sich beim Hintereingang treffen will», folgerte Debora. «Um drei Uhr früh!»

«Genau! Am besten, wir liefern jetzt erst mal die Blumen ab. Zu Hause denken wir uns nach dem Abendbrot einen Plan aus, wie wir es anstellen könnten, um Silvia in der Nacht zu beobachten.»

«Au, ja!» rief Raffi und guckte jetzt schon aufgeregt. «Klasse, Mann!»

In Gedanken versunken zogen Debora und Simon den Leiterwagen durch die Dorfstraße.

Raffi summte eine Melodie, die sie fortlaufend neu erfand. Sie pflückte von den Himbeeren, die in der Hecke vor dem Mattenhaus wuchsen. Das durfte man nur wagen, wenn die alte Frau Matten es nicht sah, denn die stand dauernd hinter dem Fenster und schimpfte die Kinder wegen jeder Kleinigkeit aus, auch wenn sie gar nichts Verbotenes getan hatten.

Nun kamen sie an den Einfamilienhäuschen vorbei und schauten zu den jungen Hasen hinein, die in einem der Vorgärten lebten. Aber heute hatten sie keine Lust, den Karnickeln Löwenzahn zu fressen zu geben. Sie hatten auch gar keine Zeit dazu, weil die im ADLER unbedingt die Blumenbuketts benötigten, um den Saal zu dekorieren für das Hochzeitsfest, das heute dort gefeiert werden sollte. Die Kaminski-Kids mußten für die Blumenhandlung ihrer Eltern oft Sträuße und Arrangements ausliefern, wenn sie schulfrei hatten. Und jetzt waren ja Sommerferien.

«Ich mag nicht mehr gehen», jammerte Raffi plötzlich. «Meine Beine sind müde.»

Simon und Debora blickten sich an. Das war ja zu erwarten gewesen, dachten sie und wischten sich Schweiß von der Stirn, denn das Wagenschleppen war in der Nachmittagshitze auch nicht gerade ein Zuckerschlecken.

«Es ist nicht mehr weit», beruhigte Debora.

«Darf ich aufsitzen?» Hoffnungsvoll zeigte Raffi auf eine winzige Nische im Karren, die sogar zu schmal wäre für einen Wurm, der seit einer Woche auf Diät ist.

«Ich mach mich auch ganz dünn», zirpte sie mit ihrer liebsten Stimme. Die schaltete sie immer dann ein, wenn sie etwas Bestimmtes wollte. Bei den meisten ihrer Familienmitglieder wirkte das hin und wieder. Bei Papi sogar fast immer.

«Nein», antwortete Simon. «Sonst zerdrückst du wieder ein Gesteck wie letztes Mal.»

«Aber die Füße tun sooo weh!» quengelte die Kleine.

Doch Simon blieb hart, da nützte das allerliebste Stimmchen ausnahmsweise nichts.

«Es ist wirklich nicht mehr weit», wiederholte Debora.

«Ja Pingu!» stöhnte Raffi – sie wollte den Spruch ihres Bruders nachahmen, hatte aber eine Kleinigkeit verwechselt. «Ja Pingu! Wenn mir die Füße abbrechen, bin ich dann also nicht selber schuld!»

Nun gelangten sie zu dem Haus mit dem bösen Hund, der sie manchmal fast zu Tode erschreckte, indem er markerschütternd zu bellen begann und an seiner Leine zerrte, um am Gehege hochzuspringen. Schon oft war den Kindern hier das Herz stehengeblieben, weil sie dachten, diesmal schafft er's, über den Zaun zu setzen.

Doch heute blieb «Sitting Bull» im Schatten seines Hundehüttchens liegen. Er hob bloß den Kopf und schaute ihnen dösend nach.

«Liebes Hündchen!» flötete Debora zu der Bulldogge hinüber. Eigentlich mochte sie Hunde über alles. Aber dieser hier war nun wirklich nicht gerade zum Verlieben.

Bei der Bäckerei bogen sie ab.

Um die Ecke hievten sie den Handkarren vorsichtig den Randstein runter und zogen ihn über den Dorfplatz. Vorbei an der Metzgerei und dem Tante-Emma-Laden, dessen Besitzerin gar nicht Tante Emma hieß, den aber doch alle so nannten, wenn Frau Fürling – die Inhaberin – nicht in der Nähe war.

Auf der anderen Seite des Platzes stand die Kirche.

Und dann kamen sie endlich zum Gasthof.

Ein Hündchen ohne Namen

4

Völlig verschwitzt stellten die Kaminski-Kinder den Leiterwagen vor dem Hotel ADLER ab.

Schon sprang Laura, die Tochter des Wirts, die mit Debora in dieselbe Klasse ging, die vier Steinstufen zu ihnen runter.

«Da seid ihr ja!» rief sie. «Wir sollen die Sachen gleich reintragen in den Saal.»

Zu dritt hoben Laura, Debora und Simon das große Blumenbukett hoch und trugen es die Treppe rauf. In der Diele war's schön kühl. Ein paar Fliegen surrten im Gang hin und her.

Bei der ersten Tür rechts schwenkten die Kinder ein. Im Rückwärtsgehen mußte Simon aufpassen, daß er nicht über die Schwelle stolperte.

Im Saal waren die langen, weiß gedeckten Tische bereits zur Hufeisenform angeordnet. An der einen Spitze legten die drei behutsam das schwere Arrangement ab.

Raffi brachte eines der kleineren Gestecke und schob es daneben.

Da eilte Lauras Mutter, Frau Pollmeier, herein. «Ihr seid ja ganz durchgeschwitzt! Wenn ihr den Rest reingetragen habt, setzt ihr euch in die Gartenwirtschaft. Ich spendier euch 'ne Cola.»

«Au ja!» rief Raffi, während Debora ein gepreßtes «Mega!» ausstieß und Simon pflichtbewußt meinte: «Das wär doch nicht nötig, Frau Pollmeier.» Vorsichtshalber murmelte er's aber ganz leise.

Da alle gleichzeitig geredet hatten, lachte die Wirtin. «Ihr Schwerarbeiter habt es verdient!»

Mit geröteten Gesichtern holten sie die weiteren Gestecke und legten sie sachte neben die anderen auf das weiße Tafeltuch. Während Frau Pollmeier mit einer Kellnerin die Blumenarrangements an die richtigen Stellen zu verteilen begann, begleitete Laura die drei Kaminski-Kids durch den Flur in die Gartenwirtschaft hinaus.

Im Schatten unter großen Lindenbäumen standen rote Tische mit grünen und roten Stühlen.

«Bis die Colas hier sind, müßt ihr euch unbedingt was anschauen kommen!» Die Wirtstochter führte die Kinder um die Ecke zur Rückseite des Gebäudes.

Zwischen einem Holzstapel und der Garage kniete sie sich vor das Hundehaus von Elsie, dem Collie des Gasthofs.

In dem Hüttchen lag die Hündin, und an sie schmiegten sich drei junge Welpen.

Debora kauerte nieder und bestaunte die hellbraunweißen Hundebabys mit den niedlichen Äugchen.

«Sind die süß!»

Die Hündchen standen auf und tapsten drollig heraus.

«Wenige Wochen alt», erzählte Laura. «Am Abend

war Elsies Bauch noch ganz dick, und am Morgen lagen die Jungen schon da bei ihr und sogen an den Zitzen. Seht nur, wie stolz sie ist!»

Raffi drängte sich zwischen Debora und Laura, um die Welpen besser zu sehen.

«Wie heißen sie denn?»

«Das da ist Romeo und das da Zico», antwortete die Wirtstochter.

Der dritte Welpe schnupperte an Deboras hingehaltener Hand und leckte an ihren Fingern. Er hatte im Gegensatz zu den anderen beiden einen weißen Fleck auf der hellbraunen Stirn.

Laura zeigte auf dieses Kleine. «Das da braucht keinen Namen.»

«Warum denn nicht?» wollte Simon verwundert wissen.

In diesem Augenblick rief die Kellnerin aus der Gartenwirtschaft herüber. «Kinder! Die Getränke sind da!»

Sofort stand Laura auf und wischte sich den Staub von den Knien.

Debora bohrte nach:

«Was ist denn mit dem Hündchen?»

Während sie ums Haus herum zurückgingen, senkte Laura die Stimme:

«Papa sagt, es müsse abgetan werden.»

Simon suchte sich einen Platz im Schatten aus. «Ist es denn krank?»

«Nein, überhaupt nicht», entgegnete die Wirtstochter.

Debora war nahe daran zu weinen. «Aber… warum soll es dann abgetan werden?»

Laura schaute zu, wie die anderen sich auf die

Leistenklappstühle setzten. «Das versteh ich auch nicht so genau.»

Sie hob ihr Glas und nahm einen Schluck. Auch die Kaminski-Kids begannen durstig zu trinken. Simon leerte seine Cola in einem Zug und wischte sich über den Mund.

«Was ist eigentlich 'abgetan'», wollte Raffi wissen, doch niemand antwortete ihr, denn im gleichen Moment sagte Debora:

«Aber so ein niedliches Hündchen einfach ohne Grund töten ...»

«Es gibt schon Gründe. Wir können ja mal zu Papa gehen und ihn fragen, wenn ihr wollt», schlug Laura vor.

Debora erhob sich. «Okay!»

Sonst war sie eher schüchtern, aber wenn es um Tiere ging, kannte sie keine Rücksicht auf Verluste.

Entschlossen folgte sie Laura ins Haus. Die vier sausten durch die Diele in die Gaststube und von da zur Küche.

Vor der Chromstahlkombination erklärte Herr Pollmeier gerade einem jungen Tamilen, der im Betrieb neu als Kochgehilfe arbeitete:

«Fleisch mußt du immer ganz heiß anbraten – auf der höchsten Stufe, verstehst du?»

Gowishan, der junge Tamile, nickte und hörte aufmerksam zu, als der Wirt weitersprach:

«Sonst verschließen sich die Poren nicht, und das Fleisch wird zäh wie eine Kuhhaut!»

Gowishan begann zu lächeln. «Anbraten auf Stufe sechs. Und nachher?»

«Dann kannst du den Regler zurücknehmen auf die Zwei. Brutzeln auf kleiner Hitze.»

«In Ordnung», sagte Gowishan.

Herr Pollmeier klopfte dem Tamilen auf die Schulter und kam zur Tür.

«Na, was wollt ihr denn, Kinder?»

Raffi, Simon und Laura blickten Debora an.

«Wir möchten wissen, äh...» Abwechselnd sah Debora zu Herrn Pollmeier und auf den gekachelten Fußboden. Gleichzeitig stopfte sie sich ihren T-Shirt-Kragen in den Mund. «...warum, äh... das Hündchen sterben soll.»

«Nun, das ist so.» Herr Pollmeier wischte sich die Hände an seiner weißen Schürze ab. «Elsie hat drei Junge bekommen, wir haben aber nur für zwei davon Käufer gefunden – und wir können neben Elsie unmöglich noch einen weiteren Hund im Gasthof haben.»

«Ja, aber warum muß das Kleine... warum muß es...» stammelte Debora.

«Sieh mal», sagte der Wirt mit einfühlsamer Stimme. «Das Hündchen einfach irgendwo aussetzen wäre Tierquälerei. Behalten können wir's nicht, also tun wir's ab. Es ist das beste, auch für das Tier, glaub mir.»

«Wie...» Simons Hals war ganz ausgetrocknet. «Wie tun Sie es?»

«Mit dem Kaninchentöter», erklärte Herr Pollmeier. «Das geht ganz schnell. Es wird nichts spüren dabei.»

«Aber gibt es denn keine Möglichkeit, das Hündchen zu retten?» Debora sah ihn verzweifelt an.

Der Wirt zuckte die Schultern. «Höchstens, wenn sich noch ein Käufer findet.»

«Ich würde es ja gern nehmen», sagte Debora flehentlich.

Erschrocken sah Simon auf die Uhr.

«Wir sollten schon zu Hause sein! Bei uns gibt's gleich Abendbrot!» Er blickte die anderen an. «Kommt schnell!»

Eilig verabschiedeten sie sich und rannten durch das Gasthaus hinaus.

Draußen nahm Simon die Deichsel des Leiterwagens auf. «Ihr könnt beide einsteigen! Das geht schneller!»

In Wahrheit tat er's auch ein bißchen, um die Mädchen aufzuheitern, denn er merkte schon, daß sie traurig waren.

Raffi ließ sich das natürlich nicht zweimal sagen und setzte sich stracks in die Karre.

Aber Debora hatte diesmal keine Lust dazu. «Wir müssen unbedingt die Eltern überreden, daß wir das Hündchen kaufen dürfen! Unbedingt!»

Simon hatte befürchtet, daß sie so was vorschlagen würde. Er selber war auch schon auf die Idee gekommen, aber er wußte, es war absolut aussichtslos.

«Da mach dir mal keine Hoffnungen. Papi hat schon immer gesagt, bei uns kommt nie ein Hund ins Haus. Da ist null Chance.»

Ein wichtiges Tischgespräch

5

Der Leiterwagen holperte am Brunnen vorbei über den Pflastersteinplatz des Blumenhofs.

«Kinder, es gibt gleich Essen!» rief Mutter aus dem Küchenfenster, als sie fast beim Haus waren.

Simon stellte die Karre vor der Tür ab. «Hat ja grade noch mal gereicht!»

Schnell stieg Raffi aus. Alle drei rannten die Treppe hoch und flitzten durch den Flur zur Küche.

«Hat's geklappt?» fragte Mutter.

«Mit den Blumen kein Problem», antwortete Simon.

«Also dann! Ihr wißt ja: Händewaschen!» Sie lächelte.

Das Badezimmer war gleich nebenan. Während Debora und Raffi sich die Hände einseiften, hörte Simon draußen das Hausmädchen Silvia zu Mutter sagen:

«Ich gehe noch etwas frische Luft schnappen. Bin beim Abendbrot heute nicht auf der Matte.»

Silvia stieg ins obere Stockwerk hoch. Simon schlich hinter ihr her und beobachtete, wie sie in ihrer Kammer verschwand. Wenige Augenblicke später kam sie wieder raus und stopfte was in ihre Tasche. Sie trug dieselben Kleider – zum Umziehen war sie also nicht raufgegangen, schoß es Simon durch den Kopf. Rasch stahl er sich ins Badezimmer zurück und schrubbte hastig die Hände.

Bei Tisch warteten alle nur noch auf ihn. Simon setzte sich, und sie gaben sich die Hand, so daß die ganze Familie einen Kreis schloß – von Simon zu Debora und Raffi, weiter zu Vater, der am anderen Tischende saß, und von ihm über Großvater und Mutter wieder zu Simon.

Sie sangen das Tischlied. Einige bewegten fast nur die Lippen, andere summten mit. Raffi trällerte laut:

«Für Speis und Trank, fürs täglich' Brot, wir danken dir, o Gott!»

«Guten Appetit!» riefen alle gleichzeitig.

Auf den Tellern lagen Ravioli in roter Tomatensauce aus der Dose. Dazu konnte man sich eine Scheibe dunkles Brot nehmen. Opa tastete nach seinem Besteck, denn er war fast blind.

Vater war erstaunt: «Ich dachte, heute gibt's Milchreis zum Abendessen.»

«Silvia hat wohl den Speiseplan geändert», vermutete Mutter.

«Nein», entgegnete Raffi. «Alles angebrannt ist ihr! Ich hab's gesehen, als wir heute nachmittag –»

«Ja Pingu!» Simon versetzte Raffi unter dem Tisch einen Tritt ans Schienbein.

Sie hielt sich den Mund zu und kriegte rote Wangen.

Mutter und Vater warfen sich einen Blick zu.

«Was ist denn mit Pingu?» fragte Mutter.

«Nichts, nichts», verkrümelte sich Simon.

Die Schale mit dem Parmesankäse ging im Kreis herum, und die Kinder streuten sich eine Schicht auf die

Teigtaschen. Bloß Debora nahm heute keinen Reibkäse, obwohl sie sonst immer einen richtigen kleinen Berg davon in der Mitte des Tellers aufhäufte. Lustlos stocherte sie im Essen herum.

Vater musterte sie. «Was hast du denn, Debora?»

«Nichts.» Sie schob den Teller von sich weg.

«Ist dir nicht gut?»

«Nein… Nicht deswegen», druckste sie herum. «Schon okay.»

Vater spießte eine Teigtasche auf und steckte sie in den Mund. Säuerlich verzog er die Lippen, beherrschte sich aber sofort und begann zu kauen.

Simon mampfte:

«Silvia hat die ja wieder total versalzen!»

Besorgt sah Mutter zu Debora hinüber. «Willst du uns nicht erzählen, was los ist?»

«Es ist wegen des Hündchens», sagte Raffi.

Vater schaute auf. «Welches Hündchen denn, Raffaela?»

«Na, das von Laura natürlich!»

«Ich blick überhaupt nicht durch!»

«Weißt du», erklärte Simon, «die Hündin vom ADLER hat drei Junge bekommen, und eins davon soll abgetan werden.»

Deboras Augen füllten sich mit Tränen. «So eine Gemeinheit!» Verzweifelt hielt sie sich die Hände vors Gesicht.

«Du, Papi?» Raffi schaltete ihr aller-allerliebstes Stimmchen ein. «Könnten wir nicht das Hündchen bei uns aufnehmen? Hm? Bitte, bitte! Dann müßte es nicht sterben.»

«Das geht leider nicht», antwortete Vater gerührt. Er

merkte, wie wichtig den beiden Mädchen dieses Hündchen war, und nicht nur ihnen, auch Simon, der es nicht so offen zeigen mochte.

«Seht mal, das ist so: Früher, als dieser Hof noch ein Bauernhof war, hatten wir auch einen Hund.»

Großvater nickte: «Mara – das war *mein* Hund, denn ich war ja damals noch der Bauer auf dem Hof. Deutsche Schäferhündin, wunderbares Tier.» In seiner Stimme lag so etwas wie ein bißchen Wehmut.

«Ja, und dann», erzählte Vater weiter, «als wir den Hof in ein Blumengeschäft umbauten, war plötzlich alles anders. Die Kunden fühlten sich abgeschreckt, sie hatten Angst vor dem Hund. Mara war eine extrem liebe Hündin, daran lag's bestimmt nicht. Aber Hunde bellen nun mal, wenn Leute kommen. Und Blumenkundschaft will nicht angebellt werden.»

«Die fürchten, daß der Hund ihr Kostüm dreckig macht.» Opa lächelte sinnierend. «Damals, in den Monaten zuvor, war ein Tier nach dem anderen vom Hof verschwunden. Zuerst die Kühe, dann die Hühner. Zuletzt war nur noch Mara da. Und die ...» Opas Stimme senkte sich. «Die wurde eines Tages von einem Kunden überfahren. Dann war auch der Hund weg.»

«Und seither kamen schlagartig mehr Kunden», erinnerte sich Vater. «Das konnte man förmlich zählen. Fast doppelt so viele Leute kaufen heute bei uns Blumen ein.»

Mitfühlend schaute Mutter die Kinder an. «Versteht ihr, Kinder? Wir sind auf die Kunden angewiesen. Wir haben nicht so viel Geld – wir können es uns einfach nicht leisten, durch einen Hund auf dem Hof Kunden zu verlieren. Wir müssen uns doch unser Essen kaufen können und all das. Versteht ihr?»

Simon nickte. Er hatte gleich gewußt, daß es aussichtlos war.

Raffis Augen waren feucht. «Aber das arme kleine Hündchen…»

Debora stand auf und rannte aus dem Zimmer.

Schweigend saßen die anderen am Tisch. Irgendwie war allen der Appetit vergangen.

Angewidert schob Simon seinen halbvollen Teller weg.

«Das Zeug kann man sowieso nicht essen», motzte er. «Ich möchte mal wissen, wo die kochen gelernt hat.»

«Fräulein Schneider hat ein ausgezeichnetes Zeugnis von da, wo sie früher gearbeitet hat», entgegnete Vater und hob die Schultern. «Ich find's ja auch nicht gerade erste Sahne. Aber wichtig ist, daß wir überhaupt was zu essen haben. Weißt du, wie viele Leute auf der Erde Hunger haben?»

«Ja, aber das Problem ist doch nicht nur, wie sie kocht», wandte Simon ein. «Gestern hat sie Raffis Kleider falsch gewaschen, viel zu heiß, so daß die nachher winzig klein waren.»

«*Das* hat sie aber toll gemacht», verteidigte Raffi das Hausmädchen aufrichtig. «Ich hab nachher die Kleidchen alle für meine Puppe gekriegt!»

Jetzt mußten alle lachen.

Vater schmunzelte:

«Besser zu heiß gewaschen als zu heiß gebadet!»

Und Großvater brummte:

«Die Puppe muß ja schließlich auch was Anständiges zum Anziehen haben, nicht?»

«Genau!» rief Raffi, die als einzige nicht checkte, daß Opa ein kleines Witzchen gerissen hatte.

Simon kam wieder aufs Thema zurück. «Aber was sagt ihr denn zu der Marmelade, die Silvia gemacht hat? Die ist so hart, daß man sie mit dem Pickel aus dem Glas brechen muß!»

Vater grinste, und Mutter sagte:

«Na ja, wir haben schon auch gemerkt, daß Fräulein Schneider viele Mißgeschicke passieren. Aber sie ist ja erst so kurz hier – vielleicht ist sie noch etwas nervös, das kann vorkommen. Wir müssen ihr ein wenig Zeit geben, sich einzuleben. Manche Menschen tun nach einer Weile plötzlich den Knopf auf. Wie eine Blume.»

«Das versteh ich!» rief Raffi. «Wie eine Rose!»

Mutter lächelte. «Ja, genau, wie eine Rose.»

Der letzte Beweis

6

Als es draußen zu dunkeln begann, trat Mutter ins Mädchenzimmer. Debora lag auf ihrem Bett und hatte den Kopf ins Kissen vergraben.

«Du?» begann Mutter mit sanfter Stimme. «Wenn du noch nicht ins Bett willst, mußt du jetzt runterkommen. Raffi geht schlafen.»

«Ich mag nicht», sprach Debora in ihr Kissen hinein.

«Was? Nochmals aufstehen oder ins Bett gehen?»

«Was wohl», machte Debora, als wär's die logischste Sache der Welt.

«Also.» Mutter fuhr ihr liebevoll übers Haar und verließ das Zimmer wieder.

Dafür kam jetzt Simon rein. Er zog die Tür hinter sich zu: «Opa möchte uns eine Geschichte erzählen.»

Debora drehte den Kopf ein wenig zu ihm.

Simon sah sie an. «Kommst du auch runter?»

Langsam setzte sie sich auf. Schniefend zog sie die Nase hoch und wischte sich mit dem Handrücken die Augen trocken.

«Weißt du...» Sie schniefte nochmals. «Weißt du, was ich vorhin gesehen hab, als ich ins Zimmer rannte?»

«Nein.» Simon war sofort hellhörig, denn das mußte ja was sehr Wichtiges sein, daß sie es ihm gleich jetzt noch erzählen wollte.

Sie blickte ihn aus zusammengekniffenen, leicht geröteten Augen an. «Zufällig sah ich durchs Fenster, als ich mich aufs Bett werfen wollte –»

«Scht!» Simon zeigte zur Tür und flüsterte: «Ich hab in der Diele ein Geräusch gehört!»

Ohne einen Mucks zu machen, schlich er durchs Zimmer. Behutsam faßte er die Klinke.

Dann riß er mit einem Ruck die Tür auf.

Draußen stand, völlig verblüfft, Raffi – ihre ausgestreckte Hand war ungefähr auf der Höhe der Klinke, die sie gerade greifen wollte.

«Ach, du bist's!» Simon seufzte erleichtert. «Puh! Du hast uns einen schönen Schock eingejagt!»

«Ja Pingu – kann ich doch nichts dafür!» schmollte die Kleine, die selber heftig erschrocken war.

Sie kam rein und begann sich umzuziehen. Während sie um diese Zeit ins Bett mußte, durften die beiden Größeren nachher nochmals ins Wohnzimmer runter.

Simon machte die Tür wieder zu. Er setzte sich zu Debora aufs Bett und schaute sie gespannt an.

«Erzähl weiter!»

«Also, ich sah, wie Silvia bei der Weide drüben einem Mann etwas Kleines, Weißes gegeben hat. Aber sie standen zu weit weg – ich konnte nicht erkennen, was es war.»

«Und der Mann? Wer war der Mann?»

«Noch nie gesehen.»

«Hey, das ist vielleicht megawichtig, was du da beobachtet hast!» lobte Simon.

Sie murmelte:

«War bloß 'n Zufall.»

«Hast du trotzdem toll gemacht», warf Raffi ein, die sich eben ihren Pyjama überstreifte.

Nun konnte Debora nicht mehr anders, als zu lächeln.

Simon überlegte:

«Etwas Kleines, Weißes, sagtest du, hat sie ihm gegeben… Ich würd zu gern mal schnell in Silvias Kammer rübergehn und nachschauen, ob der Plan noch da ist.»

«Aber ich halte keine Wache!» wehrte Raffi vorsorglich schon mal ab.

«Kannst du sowieso vergessen», beruhigte sie Debora. «Silvia ist eh im Zimmer drin.»

«Und liest wahrscheinlich eine Foto-Liebesgeschichte», setzte Simon hinzu. «Und futtert dazu Fertigsalat, weil sie selber nicht essen kann, was sie kocht!» spottete Debora.

Sie kicherten.

Simon beugte sich näher zu seiner Schwester. «Ich hab auch was rausgefunden!»

Flink kniete Raffi sich zwischen die beiden vors Bett und guckte Simon gebannt an.

Mit ernster Miene flüsterte er:

«Beim Essen hat Papi erzählt, Fräulein Schneider hätte ein Super-Zeugnis von dem Ort, wo sie früher gearbeitet habe. Aber nur schon, daß das Zeugnis auf den Namen Schneider und nicht auf ihren richtigen Namen ausgestellt ist, beweist doch, daß es gefälscht ist!»

«Oder», stieß Debora hervor, «sie hat es jemandem geklaut, der wirklich so heißt!»

Erschrocken sog Raffi Luft ein und hielt sich die Hand vor den Mund. Geklaut! Das wäre aber sehr schlimm, wenn das Hausmädchen richtig stehlen würde!

«Glaubt ihr wirklich, daß Silvia so etwas tun würde?»

«Ob geklaut oder gefälscht, kommt auch nicht mehr groß drauf an», erklärte Simon. «Jedenfalls ist das der letzte Beweis, daß sie ein doppeltes Spiel treibt!»

Nachdenklich nickte Debora. «Wirklich möglich, daß sie dem Mann den Zettel mit dem Plan gegeben hat...»

«...weil sie sich mit ihm treffen will – um drei Uhr früh beim Hintereingang!»

Debora verzog ihre Augen zu schmalen Schlitzen. «Die Frage ist bloß: Wozu?»

Beunruhigt sahen sie sich an.

Raffi war ganz kribbelig. «Was sollen wir tun? Was sollen wir tun?»

«Ich habe eine Idee.» Simon winkte die beiden ganz nah zu sich. «Ich stelle den Wecker und hole euch kurz vor drei. Dann verstecken wir uns im Badezimmer. Von da hat man durchs Oberlicht einen guten Blick auf den Hinterausgang!»

«In Ordnung», willigte Debora ein. «Dann werden wir ja sehen, was passiert.»

Herausfordernd hielt Simon die flache Hand hin.

«Check!» Debora klatschte ihre Handfläche auf die

Hand des Jungen, Raffi machte es ihr nach und rief gepreßt:

«Klasse, Mann!» Ein Schauer der Aufregung ließ ihren Körper im Pyjama erzittern.

In diesem Augenblick ging die Tür auf, und Mutter kam herein. «Es ist Zeit, Raffaela.»

Eilfertig schlüpfte die Kleine unter die Decke. Während Mutter die Vorhänge zuzog, blickte Raffi die beiden anderen Kinder verschmitzt an und rollte vielsagend mit den Augen.

Großvaters Geschichte

7

Seufzend ließ Großvater sich im Wohnzimmer in seinen Lieblingssessel nieder. Manchmal saß er bis spät abends hier, denn er brauchte nur noch wenig Schlaf und liebte es, in der Stille vor sich hinzudösen und in der Dunkelheit seinen Gedanken nachzuhängen. Das einzige Geräusch in dem niedrigen, mit Holz ausgekleideten Raum war das Ticken der Wanduhr, die nun zu schlagen begann. Genau acht Mal. Zu dieser Zeit arbeiteten Mutter und Vater gewöhnlich noch im Büro, weshalb Debora und Simon oft die Abende hier mit Opa in der gemütlichen Stube verbrachten.

Sie setzten sich im Schneidersitz auf den gemusterten Teppich vor Großvaters Sessel mit dem durchscheinenden Stoffbezug auf den Armlehnen.

«Erzählst du uns jetzt die Geschichte?»

Opa lächelte versonnen. «Ihr kennt doch die Geschichte von dem Kind, das in einem Körbchen im Schilf…»

«Mhm.» Simon nickte.

«Haben wir schon ungefähr hundertmal gehört», fügte Debora hinzu, was natürlich ein bißchen dick aufgetragen war.

«Halt, halt!» Schmunzelnd hob Großvater die Hand. «Diesmal möchte ich euch nämlich was Besonderes daran erzählen», sagte er. «Es ist ja eine uralte Geschichte, aber sie hat trotzdem was mit dem zu tun, worüber ihr vorhin beim Abendessen gesprochen habt.»

«Mit was?» Simon schaute auf.

«Etwa mit dem Hündchen?» fragte Debora.

Opa nickte.

Die Kinder sahen ihn hellhörig geworden an.

«Also», begann er bedächtig. «Ihr wißt – das war in der Zeit des Pharaos, des Königs der Ägypter. Der befahl den Soldaten, jeden neugeborenen Jungen der israelitischen Sklaven in den Fluß zu werfen und zu töten. Und dann, eines Tages, wurde in einer armseligen Sklavenhütte ein kleiner Junge geboren. Die Mutter weinte. 'Wir können doch nicht einfach abwarten, bis sie ihn holen und ertränken', schluchzte sie.»

Großvaters Augen blickten ins Leere, während er redete. Er war nicht ganz blind, aber fast – wenn sich etwas direkt vor ihm bewegte, nahm er das als Schatten wahr. Was sich nicht in der Nähe befand, konnte er aber überhaupt nicht mehr sehen. Seine Augen waren nicht wie bei anderen Blinden weiß, sondern braun, wie sie immer waren. Doch sie wirkten sehr trübe und schauten meistens, wie jetzt, nirgendwo hin.

«Und nun kommt das Wichtige, das ich euch erklären will.» Opa beugte sich vor. «Diese Mutter und der Vater des Jungen überlegten nämlich verzweifelt, wie sie ihr Kind retten könnten. Sie entschlossen sich, das Baby in ihrem Haus zu verstecken und zu ernähren, obwohl das nicht erlaubt war. Das konnte sehr gefährlich werden! Aber weil das Kleine sonst getötet worden wäre, wagten sie, etwas ganz Verbotenes zu tun!»

Er machte eine Pause, in der nur das Ticktack der Pendeluhr zu hören war. «Ja», wiederholte er versunken. «Um jemanden zu retten, der in Lebensgefahr war, taten sie sogar etwas Verbotenes.»

Ächzend schob er das Kissen im Rücken zurecht und lehnte sich behaglich in den Sessel zurück. Dann erzählte er weiter.

«Das Kind wurde im Versteck ein kräftiges kleines Baby. Doch auch seine Stimme wurde kräftig, und wenn der Junge weinte, war das sehr laut. Wenn sie ihn im Haus behielten, würden ihn die Soldaten schreien hören.» Opa räusperte sich und lächelte. «Den Rest der Geschichte kennt ihr… Die Mutter kam auf die Idee, das Kind in einem Weidenkorb im Schilf zu verstecken – dort entdeckte es die Prinzessin, die Tochter des Pharaos. Die wollte es behalten und aufziehen. Und so wurde der kleine Junge gerettet und durfte sogar am Königshof aufwachsen.»

Eine Weile sah es aus, als blickte Opa einen Punkt in weiter Ferne an.

«Diese Eltern haben das Kind ganz furchtbar gern gehabt – und wenn man jemanden ganz furchtbar liebt, macht einen das auch mutig für eine außergewöhnliche Tat. So wie Jesus, der sogar das Sterben am Kreuz auf sich genommen hat, um das Leben der Menschen zu retten!»

Simon und Debora nickten. Sie hatten beide einen eigenen Gedanken.

Jump
and
win

«Die Liebe», sagte Großvater mit seiner warmen, alten Stimme, «ist wichtiger als das Einhalten eines Gesetzes. Versteht ihr?»

Die Kinder stiegen nach dem Zähneputzen rauf ins Obergeschoß. Dort hielt Simon auf dem Flur Debora auf.

«Morgen fragen wir Opa, ob er uns vielleicht helfen würde, jemanden zu retten, der in Lebensgefahr ist!»

«Hast du das vorhin auch gedacht?» Sie strahlte ihn aus leuchtenden Augen an. «Meinst du wirklich, Opa würde uns das Hündchen retten helfen?»

«Weiß nicht. Aber versuchen müssen wir's! Also, bis später.»

«Ja, bis später», sagte sie verschwörerisch und tappte zur Tür ihres Zimmers.

Simon fiel noch was ein. Rasch setzte er Debora nach und hauchte ihr ins Ohr:

«Und denk daran: keinen Krach machen, wenn ich euch mitten in der Nacht aufwecke!»

Debora nickte wichtig und schlich ins Mädchenzimmer.

Leise glitt Simon hinüber in seine Kammer.

Drinnen warf er sich aufs Bett. Er stellte den Wecker auf kurz vor drei Uhr und wickelte ihn in sein T-Shirt ein, damit nicht gleich das ganze Haus vom Rasseln des Dings aus dem Schlaf gerissen würde. Vor allem Silvia dürfte nichts davon mitbekommen, denn sonst wäre sie ja gewarnt.

Drüben im Mädchenzimmer mummelte Debora sich in ihre Decke ein. Still betete sie, daß das niedliche Hündchen nicht sterben müßte. «Bitte, bitte, lieber Jesus», dachte sie, «rette nicht nur die Menschen, sondern auch das kleine Hündchen! Bitte mach, daß es leben darf...» Kaum war sie mit dem Gebet fertig, schlief sie ein.

Beobachtungsposten in der Nacht

8

Im ersten Moment schnallte Simon gar nicht, was eigentlich los war. Eben hatte er im Fußballspiel ein Tor geschossen, doch die Leute rundherum applaudierten nicht, sondern hämmerten mit riesigen Wattestäbchen auf Pfannendeckel ein. Sie wollten und wollten nicht damit aufhören, bis er sich schon fragte, ob die nicht ganz richtig tickten. Plötzlich merkte er, daß es ein wirkliches Geräusch war, das er da hörte, und daß er das Fußballspiel nur geträumt hatte.

Er fuhr hoch.

Neben seinem Bett ratterte dumpf und leise sein T-Shirt.

Der Wecker!

Simon schlug mehrmals auf das Knäuel ein, und dann herrschte – endlich! – absolute Stille.

Doch seine Ohren waren erfüllt von rauschendem Pochen. Sein Herz hämmerte.

Erst mal setzte er sich auf und versuchte, ruhig durchzuatmen und zu horchen.

Die Kammer des Hausmädchens lag gleich nebenan. Durch die Wand war kein Laut zu hören.

Als Simon allmählich gefaßt denken konnte, schlich er zu seiner Tür und öffnete sie ultraleise.

Im Flur war es ziemlich dunkel. Doch er wußte genau, wo man hintreten durfte, damit der Holzboden nicht knarzte. Es war schließlich nicht das erste Mal, daß er sich mitten in der Nacht mit den Mädchen traf, um irgendeinen Streich zu spielen, oder, wie jetzt, gemeinsam einen Plan auszuführen.

Seine Fingerspitzen berührten Holz. Die Tür des Mädchenzimmers. Er tastete nach der Klinke, drückte sie behutsam nieder, trat ein und schloß die Tür, ohne ein Geräusch zu verursachen.

Hier drin konnte er Licht machen.

Als er die Deckenlampe anknipste, blendete es ihn so grell, daß er die Augen zukneifen mußte.

Stöhnend drehten die Mädchen sich auf die andere Seite.

Er huschte zu ihnen. «Aufstehen! Hallo!»

Debora schaute ihn fragend an.

«Mach schon! Sonst kommen wir zu spät!» flüsterte er eindringlich.

Langsam wurde ihr klar, wo sie war und was hier ablief.

Sie gähnte.

Umständlich schälte sie sich aus ihrer Decke.

Simon beugte sich über Raffi und schüttelte sie ein wenig.

Sie schmatzte mit den Lippen. Ansonsten sah sie nicht aus wie jemand, der bald aufstehen würde.

«Lassen wir sie eben schlafen.»

Leise ging er mit Debora zur Tür und machte das Licht wieder aus. Sie warteten, bis sich ihre Augen an die Dunkelheit gewöhnten. Durch den Vorhang des Fensters drang schummriges Licht ins Zimmer.

Als Simon die Klinke runterdrückte, hörten sie hinter sich ein verschlafenes Stimmchen. «He! Wartet auf mich!»

Raffi schwankte zu ihnen.

Sachte zog Simon die Tür auf, und ein schwacher Schimmer fiel von hier auf den Flur hinaus.

Sie lauschten.

Drüben in Silvias Kammer regte sich noch immer nichts – jedenfalls war nichts zu hören.

Barfuß schlichen die drei Kinder los. Es war gerade hell genug, daß auch Raffi nicht über den Teppichrand stolperte und ihren Weg fand. Trotzdem gab sie Debora die Hand und preßte sie ganz fest.

Auf den Zehenspitzen trapsten sie die Treppe runter. Stufe für Stufe. Vor der achten und der fünften schalteten sie jeweils einen Zwischenhalt ein und suchten nach der nächstunteren, damit kein Geknarre durch das Haus rumorte. Das verhaltene Ächzen der Holzbohlen kam ihnen schon laut genug vor – lauter, als ihnen lieb war.

Als sie endlich unten ankamen, überquerten sie die Diele und traten ins Badezimmer. So geräuschlos wie möglich machte Debora die Tür zu und schob den Riegel vor.

Automatisch wollte Raffi zum Lichtschalter greifen, doch Simon hielt sie am Arm zurück. «Nicht! Wenn Silvia den Lichtstrahl sieht, weiß sie doch sofort, daß hier jemand drin ist. *Falls* sie kommt!»

Raffi schaute ihn aus großen Augen an. Debora ließ das feuchte Händchen der Kleinen los und wischte sich die Finger an der Pyjamahose ab. Sofort griff Raffi wieder nach ihrer Hand und umklammerte sie von neuem.

«Wie kommen wir da rauf?» Debora blickte zum Oberlicht hinauf. «Das ist viel zu hoch!»

Im fahlen Licht, das von der anderen Seite des Badezimmers durch das Fenster über dem Klo hereindrang, sah Simon sich um. Er ging zum Wäschekorb und hob ihn an.

«Ganz schön schwer, das Ding! Da muß ja eine Tonne Kleider drin sein!» Keuchend schleifte er den Korb zur Tür.

Als er ihn endlich da hatte, stieg er rauf und stellte sich auf die Zehenspitzen. Es reichte haarscharf, um durch die Scheibe des Oberlichts auf den Hintereingang zu blicken.

«Gebongt!»

Raffi gähnte.

Debora schaute auf die Leuchtziffern ihrer Uhr. Noch zwei Minuten bis drei Uhr.

«Vielleicht kommt ja niemand, und Silvia steht gar nicht auf...» Sie gähnte ebenfalls.

Simon sah zu ihr herab. «Meinst du?»

Achtsam setzte Debora sich auf den Badewannenrand. «Könnte ja sein, daß die Person erst morgen oder übermorgen kommt. Es stand ja nicht auf dem Zettel, an welchem Tag um drei Uhr früh.»

«Ja, aber wenn sie heute käme, und wir wären nicht hier, würden wir uns die Haare ausreißen vor Ärger!»

Debora flüsterte:

«Vielleicht haben wir uns überhaupt getäuscht. Der Plan auf dem Zettel kann auch was ganz anderes bedeuten, und diese Person kreuzt überhaupt nie auf.»

«Schade», fand Raffi. «Aber dann geh ich jetzt wieder ins Bett. Mir ist kalt und –»

Zum Weitersprechen kam sie nicht mehr. Denn in diesem Moment begann im oberen Stockwerk ein Wecker zu klingeln. Ungeschützt, nur durch das Holz der Zimmerdecke gedämpft.

Wie elektrisiert starrten die Kinder sich an.

Oben erstarb das Bimmeln. Dafür ging sofort ein Geknarze los.

Debora hastete nach vorne zur Badezimmertür. Raffi hing immer noch an ihrer Hand und drückte sie fester denn je. Die beiden Mädchen stellten sich neben den Wäschekorb, auf dem Simon stand, und legten das Ohr an die Tür.

Sie hörten deutlich, wie jemand die Treppe herunterkam.

Lautes Knarren. Die achte Stufe.

Ächzen.

Noch lauteres Knarren. Die fünfte Stufe.

Raffi flüsterte:

«Ich muß Pipi.»

«Das fehlte gerade noch!» zischte Simon.

«Ich muß aber ganz dringend!»

«Vergiß es!»

Die Schritte kamen immer näher und waren jetzt in der Diele, weniger als einen halben Meter von ihnen entfernt.

Die Kinder hielten den Atem an.

Raffi zitterte am ganzen Körper. Ob vor Kälte oder Aufregung, war nicht auszumachen.

Nun entfernten sich die Tritte Richtung Hintereingang. Debora schaute zu Simon rauf – die Person draußen mußte in diesem Moment in sein Blickfeld kommen. «Kannst du sehen, wer's ist?»

Simon nickte. Er schirmte den Mund mit den Händen ab und hauchte nach unten:

«Silvia!»

Durchs Oberlicht sah Simon, wie Silvia im Nachthemd den Hintereingang entriegelte, einen Spaltbreit aufzog, hinausspähte und verschwand.

Damit hatte er nicht gerechnet.

Er sprang runter. «Ich schleiche ihr nach!»

«Wieso? Was ist denn los?» fragten die Mädchen aufgeregt.

«Erklär ich euch später.» Er zog den Wäschekorb zurück, schob den Riegel auf und öffnete die Tür. «Ihr bleibt solange hier!»

«Aber was, wenn Silvia nachher aufs Klo muß und uns hier findet?»

Simon stoppte. «Daran hab ich nicht gedacht!» Er zuckte die Schultern. «Weiß doch auch nicht. Laßt euch was einfallen!»

Und weg war er.

Die Mädchen blickten sich verwirrt an.

Vorsichtig linsten sie durch den Türspalt und sahen gerade noch, wie Simon durch den Hinterausgang in die schwarze Nacht hinausschlüpfte.

Nächtlicher Besuch eines Unbekannten

9

Im Schein der Sterne und des Halbmondes erkannte Simon, wie die Umrisse von Silvia im hinteren Treibhaus verschwanden.

Geduckt schlich er sich über den Weg. Dabei piek-sten ihn dauernd Kieselsteinchen in die Fußsohlen.

Im nahen Wald rief ein Kauz «Uhu, uhu!» Sonst hörte man nur das Plätschern des Baches, der hinter dem Gehöft vorbeifloß.

Verhalten atmend, bückte sich Simon neben den Eingang des Pflanzentunnels. Aus der Tür des Treibhauses schlug ihm warme Luft entgegen, denn da drin war es selbst in der Nacht noch schwül. Durch die Glasscheibe konnte er beobachten, wie Silvia Säcke mit Pflanzenerde zur Seite stellte. Darunter kam ein umgestülptes Blumenkistchen zum Vorschein. Sie kippte es zurück und nahm aus der liegengebliebenen Erde einen durchsichtigen Beutel heraus. Dann richtete sie alles wieder so her, wie es zuvor gewesen war.

Fieberhaft überlegte Simon, ob er jetzt zurückhuschen sollte, um noch vor Silvia wieder im Haus zu sein. Aber er wollte unbedingt sehen, was in dem durchsichtigen Beutel war.

In diesem Augenblick knirschten Schritte im Kies hinter dem Gewächshaus und kamen schnell näher.

Simon verbarg sich tief unter den großen Blättern des Busches, in dem er kauerte.

Um die Ecke bog ein Mann.

Silvia trat aus dem Treibhaus.

Unmittelbar vor Simons Versteck blieben die beiden stehen.

Simon konnte nur den unteren Teil sehen: geschniegelte Hosenbeine und glänzende Lackschuhe neben Silvias nackten Füßen.

Die Stimme des Besuchers war weniger fein als sein Anzug.

«Hast du den Stoff?» fragte er so, als hätte er noch Besseres zu tun.

«Hier.» Silvia klang bedrückt.

Der Mann ging in die Knie und öffnete den Beutel am oberen Ende.

Nun hatte Simon sein Gesicht im Blickwinkel. Der Typ war viel jünger, als er sich das vorgestellt hatte – höchstens 25. Außerdem konnte Simon jetzt erkennen, was in dem Beutel drin war: weißes Pulver bis obenhin.

Der Besucher steckte einen Finger hinein und leckte ihn ab. Ein zufriedenes Lächeln huschte über sein Gesicht. Er schloß den Sack und federte wieder hoch.

«Wann kommt die nächste Lieferung?»

«Jeden zweiten Tag mit den ersten Blumen am Morgen.»

Spöttisch sagte der Fremde:

«Weiter so, Baby!» Er wandte sich zum Gehen. «Bis übermorgen also. Um drei.»

Silvia hielt ihn auf.

«Krieg ich nicht mal 'nen Kuß?» fragte sie verletzt.

«Den kriegst du, wenn alles vorbei ist.»

«Aber – du ... »

«Ja, ja, ich bin dein Freund, und du bist meine Freundin, klar», wimmelte er sie ab. «Ich liebe dich, Schätzchen. Bestimmt. Aber zuerst zahlst du deine Schulden zurück. Nachher ist wieder bussy bussy. Okay?»

Die Schritte knirschten auf dem Kies davon.

Silvia folgte dem Mann nicht.

Lange blieb sie einfach stehen. Man hörte sie nur leise weinen.

Dann patschten ihre Fußsohlen über die Steinplatten zum Haus zurück.

Simon wollte noch eine Weile in seinem Versteck warten. Zur Sicherheit.

Irgendwo in der Ferne wurde ein Automotor gestartet, und das Brummen eines davonfahrenden Wagens verlor sich in der Nacht.

Raffi saß mit runtergelassener Pyjamahose auf dem Klo und ließ die Beine baumeln.

«Muß ich noch lange hier warten?» stöhnte sie ungeduldig. «Ich hab doch schon längstens Pipi gemacht.»

«Ja», antwortete Debora kurz angebunden. Sie spähte durch den Spalt der angelehnten Badezimmertür in den Flur hinaus. Ihre Füße waren schon ganz kalt. Und die Hälfte ihres Gesichts würde jetzt dann bald einschlafen, wenn sie das eine Auge noch lange so zugekniffen halten müßte. Aber das war nicht das einzige, das bald einschlafen würde. Sie war ungeheuer müde.

Raffi quengelte:

«Was tun die denn so eine Ewigkeit da draußen?»

«Woher soll ich denn das wissen?» zischte Debora. Wenn die Kleine so weitermachen würde, finge sie langsam an, ihr gehörig auf die Nerven zu gehen.

In diesem Moment wurde der Hintereingang geöffnet.

Silvia trat in die dunkle Diele.

Debora winkte scharf nach hinten, Raffi solle ja ruhig sein. Durch den Spalt sah sie, wie Silvia abschloß und schniefend auf sie zukam. Doch das Hausmädchen bog nicht zur Treppe ab, sondern streckte die Hand aus Richtung Badezimmertürklinke.

Blitzartig wich Debora zurück und setzte sich nach einem Sprung durch den Raum auf den Wannenrand, als säße sie schon die längste Zeit da. Sie wunderte sich, daß sie trotz ihrer Müdigkeit überhaupt zu so einer schnellen Reaktion fähig gewesen war.

Silvias Hand tastete nach dem Lichtschalter.

Als die Deckenlampe anging, starrten im Bad drei Leute einander an, als sähen sie rosarote Marsmännchen mit ausgefahrenen Antennen auf den Ohren.

Silvia hielt sich den Mund zu. Sie war ganz bleich, und die beiden Mädchen fragten sich, ob sie wohl gleich in Ohnmacht fallen würde.

Raffi schaute aus geweiteten Augen zu ihr. Vor Schreck war ihr sogar das Quengeln vergangen.

Silvia versuchte allmählich ihre Fassung wieder zu kriegen. Heiser brachte sie heraus:

«Was… Was macht ihr denn hier?»

«Pipi», sagte Raffi tonlos.

Der Blick der Hausangestellten wanderte zu Debora.

Die kratzte sich an der Stirn. «Raffi hat Angst, allein aufs Klo zu gehen.»

«Ach ja?» meinte Silvia zweifelnd und strich sich die grüne Haarsträhne ihres blonden Haars aus dem Gesicht.

Da hatte Debora eine Idee. Lieb fragte sie:

«Möchten Sie vielleicht, daß Raffi von nun an jeweils *Sie* weckt, wenn sie in der Nacht mal muß?»

«Das wär ja noch schöner!» fuhr Silvia sie an. «Denkst du etwa, ich bin eure Kindertussi, oder was?»

Debora hob die Schultern.

Raffi hielt es nicht mehr aus. Sie preßte ihr Händchen vor den Mund und kicherte dahinter los.

Patzig sagte Silvia:

«Dürfte ich jetzt vielleicht auch mal, ey?! Oder brauchst du noch 'ne Stunde?»

«Bin schon lange fertig.» Raffi stieg vom Klo herunter, betätigte hastig die Spülung und zog die Pyjamahose hoch.

Debora verließ mit der Kleinen das Badezimmer. «Also dann. Gute Nacht.»

«Nacht», muffte Silvia und verriegelte hinter ihnen die Tür.

Als Raffi zur Treppe tapste, hielt Debora sie zurück. «Hey! Warte!»

Auf Zehenspitzen tippelte sie zum Hintereingang und

schloß wieder auf, denn Silvia hatte vorhin ja abgesperrt, als sie reingekommen war.

Lautlos stahl Debora sich zu Raffi und flüsterte: «Sonst wär Simon nicht mehr ins Haus gekommen!»

Zusammen stiegen die beiden Mädchen mucksmäuschenstill die Treppe hoch.

Oben durchquerten sie im dämmrigen Licht den Flur und traten in ihr Zimmer.

Als die Tür zu war, seufzten sie auf.

Stolz lächelten die beiden sich an.

Debora hielt ihre flache Hand hin, und Raffi klapste ihre drauf. «Check!»

Zufrieden legten sie sich in ihre Betten. Sie zogen die Decke bis unters Kinn hoch, kuschelten sich wohlig ein und schlossen die Augen.

Simon drückte sachte die Klinke runter und öffnete den Hintereingang. Sofort sah er, daß ein Lichtschein durch das Oberlicht des Bads in die Diele fiel.

Leise schloß er den Eingang wieder ab.

Da verlöschte im Klo die Deckenlampe.

Die Badezimmertür ging auf, und Silvia kam in den finsteren Flur.

Geschockt hielt Simon den Atem an und preßte sich in den Türrahmen von Großvaters Kammer, die seitlich abging.

Silvia trat zur Treppe und stieg hinauf, wobei sie einen Heidenlärm veranstaltete, weil sie ja noch nicht wissen konnte, wo man hintreten mußte, um leise zu sein. Sogar einer mit Gummibärchen in den Ohren hätte hören können, daß sie jetzt oben durch den Flur ging, die Tür zu ihrer Kammer aufknarrte und dann wieder zuknarrte.

Aber da war einer im Haus, der hatte keine Gummibärchen in den Ohren, ganz im Gegenteil: Großvater. Er hörte mehr als andere Leute. Seit seine Augen ihm den Dienst versagten, nahm er mit seinen Ohren Dinge wahr, die sonst niemand vernehmen konnte.

Opas tiefe Stimme drang aus der Dunkelheit des Zimmers:

«Was ist da draußen eigentlich für eine Völkerwanderung? Und was tust du hier, Simon?»

Simons Herz blieb stehen. Er wußte, daß Opa an irgendwelchen Geräuschen erkennen konnte, wen er vor sich hatte. Aber daß er um diese Zeit noch immer wach wäre, das hatte er nicht erwartet.

Simon brachte keinen Ton heraus. Tausend Gedanken schossen ihm durch den Kopf. Was sollte er sagen? Er sei schlafgewandelt? Nein, das wäre gelogen. Er dürfte nicht antworten. Sonst müßte er die ganze Geschichte erzählen. Von Anfang an. Und dann müßte er auch zugeben, daß er und die Mädchen in der Kammer des Hausmädchens herumgeschnüffelt hatten, und das war doch strengstens verboten. Niemals würde er die Mädchen verraten! Niemals.

Simon spürte sein Herz im Hals pumpen, als er sich mit angehaltenem Atem vom Holzrahmen löste. Er schlich durch die Diele und versuchte, so geräuschlos wie möglich die Treppe hinauf zu gelangen. Wenn Opa nach ihm riefe, würde er einfach weitergehen, ohne zu reagieren.

Jedes Ächzen der Stufen zuckte wie ein greller Blitz durch seinen Kopf.

Als er endlich oben in seinem Zimmer war und die Tür hinter sich schloß, hätte er ein Handtuch gebrauchen können. Seine Stirn war klitschnaß vor Schweiß.

Macht Großvater mit?

10

Die Sonne strahlte hell und warm in die Küche.

Raffi schob einen Stuhl vor die Anrichte, kletterte hoch, kniete sich auf die Chromstahlfläche und öffnete das Wandkästchen. Sie schnappte sich die Marmelade und den Honigpott und stellte die beiden Gefäße in das Abwaschbecken hinunter.

Debora verteilte Messer und Löffel auf dem Tisch. An die Plätze der Erwachsenen stellte sie Tassen, die Kinder kriegten Gläser, in die sie nun Schokopulver streute.

Simon holte aus dem Kühlschrank Butter und Milch, und während Debora die Kindergläser auffüllte und Raffi vom Stuhl runterkletterte, setzte er die Filterkaffeemaschine in Betrieb.

In einem Topf auf dem Herd begann es zu blubbern. Raffi griff sich vier Eier aus dem Kühlschrank und verfrachtete sie mit einem Salatschöpfer sachte ins kochende Wasser. Als sie damit fertig war, stellte Simon die Alarmfunktion seiner Armbanduhr auf vier Minuten ein.

Jetzt brauchten sie bloß noch das Brot zu schneiden

und zu warten, bis Vater und Mutter aus dem Laden herüberkämen. Silvia hatte heute frei, und an diesen Tagen gab es in den Ferien immer etwas später Frühstück, das dann meistens die Kinder zubereiteten.

Großvater saß schon im Wohnzimmer drüben und hörte die Rundfunknachrichten. Vom nächtlichen Vorfall vor seiner Tür hatte er keinen Ton erwähnt. Simon war ihm aber auch aus dem Weg gegangen, um die Gefahr zu vermindern, von ihm darauf angesprochen zu werden.

Nachdem die Armbanduhr piepste, nahm Raffi vorsichtig die Eier aus dem Wasser.

Die Eltern traten durch die Verbindungstür in die Diele. Als sie sahen, daß in der Küche schon alles bereit war, guckten sie die Kinder lobend an.

«Toll habt ihr das gemacht!» rief Mutter.

Und Vater schwärmte:

«Mmmh, der Kaffee riecht ja herrlich!»

Debora holte Opa, während Simon die Tassen vollgoß.

Raffi verteilte die Vierminuteneier. Großvater und Mutter bekamen keines, die Kleine selber wollte aber immer eins, obwohl sie jeweils nur das Eigelb rauslöffelte.

Als sich alle gesetzt hatten und das Tischlied geträllert war, nahm sich jeder eine Scheibe Brot und beschmierte sie mit Butter und seinem Lieblingsaufstrich.

Mutter biß in ihre Honigschnitte. «Was waren das eigentlich für Geräusche in der Nacht?»

Betreten schauten die Kinder auf ihre Brote und konzentrierten sich auf eine perfekt gleichmäßige Marmeladenbeschichtung ihrer Stullen.

Opa räusperte sich und brummte:

«Geräusche?»

Verstohlen blickte Simon auf. Großvater hielt mit

einer Hand die Kaffeetasse und tunkte mit der anderen sein Butterbrot hinein, wie er das jeden Morgen tat. Irgendwo in seinem Gesicht verborgen lag so etwas wie ein geheimes Lächeln, das immer da war – mal mehr, mal weniger. Im Augenblick schien es besonders ausgeprägt zu sein. Simon fragte sich, ob das den anderen ebenfalls auffiel, ob die Erwachsenen dieses rätselhafte Strahlen in Großvaters Gesicht auch wahrnahmen. Vielleicht nur, wenn sie speziell darauf achteten. Aber er würde sie bestimmt nicht darauf aufmerksam machen. Jedenfalls nicht, solange er und die Mädchen in dieser brenzligen Situation steckten und der immer beunruhigendere Fall um dieses seltsame Hausmädchen, das offenbar gar kein Hausmädchen war, nicht gelöst wäre. Sofern die Sache überhaupt je gut ausgehen würde.

Im Moment war Simon nur schon froh, daß die Mädchen sich nicht peinlich benahmen und dadurch verrieten.

Vater und Mutter schienen keine Notiz zu nehmen, obwohl Raffi wieder mit ihren Riesenaugen über den Tisch äugte. Immerhin hatten sie und Debora zu essen begonnen, bevor es auffällig geworden wäre, denn sie hatten doch zum Frühstück immer so einen Bärenhunger. Auf die beiden Schwestern war eben Verlaß! Und auf Opa offensichtlich auch. Weshalb hatte er sie nicht verraten?

«Ich dachte aber wirklich», sagte Mutter, «ich hätte in der Nacht was gehört.»

«Du, Papi?» schaltete Simon sich rasch ein, bevor es noch brenzliger wurde. «Was bringt eigentlich der erste LKW am Morgen zu uns?»

Vater schluckte runter und sagte:

«Jetzt im Sommer sind das die Blumen aus Holland.»

«Kommen die jeden Tag?» fragte Simon.

«Jeden zweiten. Warum?»

Simon blieb fast der Bissen im Hals stecken. Das mußte es sein, wovon Silvia in der Nacht dem Besucher erzählt hatte! Jeden zweiten Tag, die erste Lieferung!

«Weißt du», erklärte Vater, «diese Blumen beziehen wir direkt vom Hersteller.»

«Könnten wir sie denn nicht auf dem Großmarkt in der Stadt kaufen wie die anderen Pflanzen auch?» fragte Simon, der angestrengt überlegte, wie man Silvia und ihrem Macker irgendeinen Strich durch die Rechnung machen könnte.

«Schon.» Vater trank einen Schluck Kaffee und setzte die Tasse wieder ab. «Aber wir erhalten die Pflanzen durch den Direktimport aus Holland viel billiger als über den Zwischenhandel.» Er schaute den Jungen an. «Darauf sind wir angewiesen – sonst würde der Gewinn nicht zum Leben reichen. Verstehst du? Dann müßten wir unsere Blumenhandlung schließen.»

Raffi sah erschrocken auf. «Müßten wir dann sterben?»

«Das nicht gerade», lächelte Mutter. «Aber es wäre ganz, ganz schlimm.»

«Ich müßte eine neue Arbeit suchen», ergänzte Vater. «Und heutzutage ist das sehr schwierig. Aber warum wolltest du das mit der ersten Lieferung denn wissen, Simon?»

«Einfach so.» Mit gesenktem Kopf biß Simon in seine Stulle. Mutter und Vater warfen sich einen Blick zu.

Debora säbelte mit dem Messer das Köpfchen ihres Eies ab und streute Salz darüber. Auch Simon und Raffi machten sich an ihren Vierminuteneiern zu schaffen.

Vater wischte sich mit der Serviette den Mund ab und stand auf. «So, ich muß wieder rüber.»

«Ich komm auch gleich», sagte Mutter. «Wasche nur noch schnell das Frühstücksgeschirr ab.»

«Das machen wir schon», bot Debora an.

Mutter sah zum Kühlschrank, an dem mit kleinen Magneten eine Liste befestigt war. «Du bist aber erst heute mittag dran.»

Sie hatten zusammen mal einen Plan gemacht, auf dem für die ganze Woche stand, wann welches Kind mit Abwaschen oder Abtrocknen an der Reihe war.

«Schon okay», verkündete Debora. «Ich tu's trotzdem.»

Mutter schaute sie kurz stutzig an. «Gern. Wir haben drüben viel zu tun.»

Sie legte ihr Besteck ins Abwaschbecken und verließ die Küche.

«Bis später!» rief sie von draußen.

Man hörte, wie die Verbindungstür zufiel.

Jetzt saßen nur noch die Kinder und Großvater am Tisch. Debora wußte, daß Opa bald nach dem Frühstück abgeholt würde, wie jeden Werktagmorgen zu einem Seniorentreff. Deshalb wollte sie die Zeit nützen, die er noch hier war.

«Du-u?» zirpte sie. Sie konnte nämlich ein mindestens ebenso liebes Stimmchen machen wie Raffi, wenn sie wollte. «Ich möchte dich was fragen.»

«Worum geht's denn?» fragte Großvater.

«Um, äh ...» Aufgeregt fingerte Debora an ihrem Kragen herum.

Simon warf ihr einen auffordernden Blick zu.

Sie piepste: «Um das Hündchen.»

«Hab ich mir fast gedacht.» Opa lächelte. «Und?»

«Ja, weißt du, Simon und ich haben uns überlegt ...»

Da schaltete Raffi sich ein:

«Was habt ihr euch überlegt? Habt ihr eine Idee?»

Debora schaute ihren Bruder an. «Sag du's!»

«Wir haben uns gedacht ...», begann er, «... du sagtest doch, um jemanden zu retten, der in Lebensgefahr ist, darf man auch mal was Verbotenes tun.» Er schlenderte zu Großvater und legte ihm den Arm um die Schulter. «Wir wollten dich fragen, ob du uns helfen würdest, das Hündchen zu retten.»

«So, so, habt ihr euch gedacht», brummte Opa. «Und wie wollt ihr das anstellen?»

«Die Leute in der Geschichte haben das Kind in ihrem Haus versteckt.»

«Au ja!» rief Raffi. «Wir holen das Hündchen und verstecken es bei uns im Haus!»

«So einfach ist das nicht», sagte der alte Mann. «Erstens sind eure Eltern nicht die Ägypter. Und zweitens würden sie's sehr bald rausfinden und müßten den Hund dann wegschaffen.»

«Aber wir könnten doch ein Plätzchen für ihn suchen, bei irgendwelchen Leuten, wo er nachher bleiben kann», wandte Debora ein.

Und Simon setzte hinzu:

«Es geht doch nur darum, ihn erst mal vor dem Tod zu retten.»

«Hmmm», machte Opa versunken. «Und wie sollte ich euch dabei behilflich sein?»

Die Mädchen blickten ihn an. «In unserem Zimmer würden die Eltern das Hündchen sofort finden.»

«Das hab ich mir auch schon überlegt», schmunzelte Großvater.

Vorsichtig schlug Debora vor:

«Aber vielleicht in deinem…?»

«Bitte, bitte, Opa», bettelte Raffi. «Sonst muß das Hündchen doch sterben!»

«Das ist eine verzwickte Sache», stellte Großvater fest und überlegte. «Wißt ihr, immer wenn ich in einer Lage bin, in der ich nicht mehr weiter weiß, bitte ich Jesus um Hilfe. Er hat mir noch jedesmal geholfen – vielleicht nicht immer auf die Art, die ich mir vorgestellt hätte, aber geholfen hat er mir doch.»

Debora stand auf. «Ich hab auch schon gebetet, daß er das Hündchen rettet…»

«Ihr sagtet, der Hund wäre nur kurz hier, bis ihn jemand aufnähme?» fragte Opa.

«Ja.» Die Kinder nickten beflissen, obwohl Großvater das ja nicht sehen konnte.

«Und der Hund wäre in meinem Zimmer?»

Wieder nickten alle drei: «Ja!»

Eine Weile sann Großvater nach.

Dann brummelte er:

«Also gut.»

Er mußte aufpassen, daß er nicht umgestoßen wurde, da ihm jetzt alle drei gleichzeitig um den Hals fielen und ihn stürmisch auf die Wangen küßten.

«Du bist einfach toll, Opa!» jubelten sie. «Der coolste Opa der Welt!»

Der Schuß hinter dem Gasthof

11

Aus der Bäckerei am Dorfplatz duftete es süß nach leckeren Vanillebrötchen. Die Kaminski-Kids waren Richtung Gasthaus unterwegs. Ihre T-Shirts hatten schon große dunkle Flecken unter den Armen. Heute war es noch heißer als an den Tagen zuvor. Die Sonne stand senkrecht am Himmel, und den Schatten mußte man mit der Lupe suchen. Schwer drückte die Hitze auf die Straßen, so daß der Belag nach Asphalt zu riechen begann.

«Glaubst du, das Hündchen lebt noch?» Debora, die sonst lieber gemütlich spazierte, marschierte eilig voran. Sie hatte richtigen Bammel in der Stimme.

Simon schaute sie an. «Hoffentlich! Jedenfalls kann's nicht schaden, so schnell wie möglich dort zu sein.»

Um mithalten zu können, tänzelte Raffi in einer Mischung zwischen Rennen und Gehen neben ihnen her. Ausnahmsweise lag es für sie nicht drin, ein Liedchen zu summen, dazu war sie zu stark aus der Puste.

Gerade als die drei an Frau Fürlings Tante-Emma-Laden vorbeikamen, sahen sie drüben neben der Kirche Herrn Pollmeier aus dem Gasthof treten. Er hatte ein Gewehr in der Hand und eilte damit zu seiner Garage.

Den Kindern stockte der Atem. Sie rannten los und schrien:

«Herr Pollmeier! Herr Pollmeier! Warten Sie!»

Doch er hörte sie nicht und verschwand hinter dem Haus.

Als sie ungefähr in der Mitte des Dorfplatzes waren, krachte ein Schuß durch die nachmittägliche Stille.

Vögel flogen aus den Bäumen auf und trieben schwarmweise in die Ferne ab.

Nicht nur die Kinder blieben stehen und schauten sich wie betäubt an.

Auch die Zeit schien stillzustehen.

Das Echo des Knalls brauste durch die Luft wie das Rauschen eines eisigen Winds. Sonst war nur von irgendwoher das Krächzen einer Tür in rostigen Angeln zu hören.

Debora faßte sich als erste.

«Nein!» kreischte sie auf und hetzte zum Gasthof.

Die anderen jagten hinter ihr her um die Garage herum.

Als erstes sahen sie, daß das Hundehäuschen neben dem Holzstapel leer war.

Wie angewurzelt starrten sie Herrn Pollmeier an, der von der Gartenwirtschaft her um die Ecke trat.

«Was habt ihr denn, Kinder?» fragte er. «Ihr seid ja ganz bleich.»

Um seine Beine hechelte die Colliehündin Elsie. Hinter ihr tippelte der kleine Romeo über den Kiesweg, dann folgte sein Brüderchen Zico.

Jump and win

Dünner Rauch stieg aus Herrn Pollmeiers Gewehr auf.

Die Kinder konnten nicht antworten, dazu waren sie zu aufgewühlt.

Ein dicker Kloß würgte Debora im Hals. Vor ihre Sicht legte sich ein Vorhang von Tränen. Das Bild verschwamm. Nur undeutlich nahm sie die Umrisse der Colliemutter und ihrer beiden Welpen wahr. Wären sie bloß schneller gelaufen vorhin, dann hätte es vielleicht noch gereicht, dachte sie gequält. Vielleicht! Nur eine Minute schneller! Sie spürte, wie Simon und Raffi die Hände auf ihre Schultern legten. Doch das konnte sie jetzt auch nicht mehr trösten.

Herzzerreißend mußte sie schluchzen. Zu spät! Sie waren zu spät gekommen. Alles kam ihr plötzlich so sinnlos vor – die Ferientage, die noch vor ihr lagen, der Ausflug ins Schwimmbad, auf den sie sich so gefreut hatte, die Schule und überhaupt das ganze Leben.

Aus der Gartenwirtschaft drang ein zaghaftes Bellen.

Debora sah auf.

Aber… Die Hündin und ihre beiden Welpen waren doch hier! Hier, gleich vor der Hundehütte!

Mit dem Handrücken wischte sie sich die Augen.

Das übermütige Kläffen kam noch näher.

Und dann tapste drollig ein Hündchen um die Hausecke. Es war der dritte Welpe mit dem weißen Fleck auf der Stirn!

Deboras Gesicht hellte sich auf.

«Hab den Fuchs nicht erwischt», lächelte Herr Pollmeier. «Vorhin hab ich ihn durchs Fenster bemerkt. Der Kerl hat's auf die jungen Hunde abgesehen. Aber lang sind die ja eh nicht mehr hier.»

Dann stapfte er davon.

Debora kauerte nieder und streckte dem Hündchen die Hand hin. Sofort kam es schwanzwedelnd zu ihr und leckte an ihren Fingern.

«Ja, ja, du süßes Häufchen!» liebkoste sie es.

Der Welpe stieg an ihr hoch und stellte seine Beinchen auf ihre Knie.

Simon rief:

«Du bist ja ein richtiges Zirkushündchen!»

Und Raffi, die schniefen mußte, doppelte nach:

«Brav! Mach Männchen!»

Debora hob das hellbraune Knäuel hoch und guckte es sich an. «Es ist aber ein Weibchen!»

«Wow! Und trotzdem kann es Männchen machen!» scherzte Simon.

«Ein Weibchen macht Männchen!» kicherte Raffi. «Ich glaub, mich streift 'ne U-Bahn!»

Als der Welpe Deboras Wange leckte, zog sie schnell das Gesicht zurück. Alle drei mußten lachen, weil das Hündchen so ulkig war.

Atemlos kam Laura um die Garage herum gerannt.

«Papa hat gesagt, daß ihr da seid! Wolltet ihr die Hündchen besuchen?» fragte sie, beugte sich nieder und streichelte Romeo und Zico übers braunweiße Fell.

«Eigentlich wollten wir...» begann Debora, doch die Wirtstochter unterbrach sie:

«Habt ihr Glück gehabt! Heute werden die beiden Jungen nämlich abgeholt.»

«Und dieses hier?» Debora sah auf den niedlichen Welpen in ihren Armen.

Laura schüttelte traurig den Kopf. «Dafür haben wir leider endgültig keinen Käufer gefunden.»

«Wieviel haben denn die anderen Käufer für die Hunde bezahlt?» wollte Simon wissen.

«Ich glaube, 500 Mark.»

«Was, soviel?!»

Debora und Simon blickten sich entsetzt an.

«Das kriegen wir nie zusammen!»

Laura schaute auf. «Warum denn? Wollt etwa *ihr* das Junge kaufen?»

«Eigentlich ja.» Unglücklich stellte Debora das Hündchen auf den Kiesboden. Es fing sofort an, um ihre Beine herumzutippeln und an den Schuhen zu schnüffeln.

Simon rechnete:

«127 Mark und 85 Pfennige haben wir, wenn wir unsere Sparschweine leeren.»

«In meiner Eule sind noch 12 Mark», schaltete Raffi sich ein. «Und nächste Woche bekomme ich wieder Taschengeld – eine Mark.»

Die Kleine grub in ihren Hosentaschen.

«Und hier …», murmelte sie.

Schließlich zog sie ihre Hände wieder raus und öffnete sie. Im einen Händchen lag inmitten von Stoffuseln eine 5-Pfennigmünze, im anderen klebte die Gummikakerlake. «Vielleicht könnte ich die verkaufen.»

«Das reicht trotzdem nie!» Simon war verzweifelt.

«Herr Pollmeier!» rief Raffi nun Lauras Vater zu, der eben an der Garage vorübereilte.

«Ja?»

«Wieviel würden Sie mir dafür geben?»

«Wofür denn?»

Die Kleine streckte ihm ihr Händchen entgegen.

Er kam näher und sah sich schmunzelnd die Spielzeugkakerlake an. «Nun, dafür...» Er wandte den Kopf den Kindern zu. «Warum denn?»

Laura erklärte:

«Sie möchten gerne das dritte Hündchen kaufen, aber sie haben zuwenig Geld dafür.»

«Wieviel denn?» fragte der Wirt.

«Fast 140 Mark», antwortete Simon rasch.

«Und das da», fügte Raffi hinzu und hielt dem Mann die Hand noch ein wenig näher hin.

Debora blickte ihn flehentlich an.

Herr Pollmeier nahm aus Raffis Händchen das braune Gummiding mit den ekligen Beinen und sah es sich von unten und oben an.

«Nun...» Er räusperte sich. «Wenn wir sie ein bißchen aufpäppeln und gut füttern...» Um seinen Mund spielte ein Lächeln. «Ich glaube, das läßt sich machen.»

Debora tat einen Luftsprung. Eigentlich tat nicht sie den Sprung, sondern ihre Füße hoben einfach von selbst ab, ohne daß sie es gesteuert hätte.

«Ist das wirklich wahr?» schoß sie mit Freudentränen hervor. «Wir kriegen das Hündchen?»

Lauras Vater nickte. «Wenn ihr wollt, könnt ihr's gleich mitnehmen.»

«Ich renne nach Hause und hole das Geld», schlug Simon aufgeregt vor.

Er war schon bei der Garage, als Herr Pollmeier ihm nachrief: «Hey, warte, Junge!»

Simon blieb stehen. Geschockt schaute er den Wirt an. Eine böse Ahnung stieg in ihm auf. Herr Pollmeier wird doch nicht etwa bloß gescherzt haben! Oder hat er sich's anders überlegt? Wie damals, als er die ganze Klasse zu Eiskrem eingeladen und dann doch nur Sirup für alle spendiert hatte?

Debora hatte in denselben Sekundenbruchteilen Ähnliches gedacht. Sie reagierte auf ihre Weise. Ohne zu zögern, nahm sie das Hündchen auf und drückte es an sich, als würde sie es nie wieder hergeben, selbst wenn man sie dafür auspeitschen würde.

«Das Geld läßt du mal schön zu Hause.» Langsam trat Herr Pollmeier auf Debora zu und streckte die Hand in Richtung des Welpen aus. Doch statt danach zu greifen, fuhr er Debora übers Haar. «Das Hündchen geb ich euch auch so. In Ordnung?»

Während er schmunzelnd wegging, schnippte er das Gummitierchen aus seiner Hand in die Höhe, fing es auf und schob es in die Hosentasche.

Debora und Simon sahen Raffi ungläubig an. Die Kleine freute sich, daß dank ihrer Idee der Welpe gerettet werden konnte. Aber ihrer Kakerlake blickte sie trotzdem mit leiser Wehmut nach.

«Tschüß, Kinder!» rief Herr Pollmeier über die Schulter zurück.

Kurz bevor er um die Hausecke bog, blieb er stehen.

«Ach, Raffaela!»

Er griff in die Tasche und holte die Spielzeugschabe raus.

«Ich glaub, die ist bei dir besser aufgehoben als bei mir! Hier!»

Lachend warf er sie ihr zu und verschwand.

Ab ins Versteck

12

Auf dem Nachhauseweg trug Debora das Hündchen in einem Einkaufskorb, den sie eigens für diesen Zweck mitgenommen hatten. Unten hinein hatten sie eine Wolldecke gelegt, damit der Welpe schön weich läge. Er reckte das Köpfchen raus und betrachtete interessiert die Gegend.

«So ein netter Mann!» staunte Raffi. Sie konnte immer noch nicht fassen, daß sie ihre Kakerlake wiederbekommen hatte.

«Ja», bestätigte Simon. «Vielleicht hat ja damals auch nur Laura behauptet, es gebe Eiskrem, und für ihren Vater war von Anfang an klar gewesen, daß er Sirup spendieren wollte.»

«Was?»

«Ach, Pingu!»

Debora sagte nichts. Sie schaute die ganze Zeit völlig verliebt das Hündchen an und hatte alles um sich herum vergessen.

Nun überquerten die Kinder die Straße bei dem ab-

gebröckelten Randstein, der seit Jahren nie geflickt wurde und inzwischen dazugehörte wie das Unkraut, das zehn Meter weiter aus einem langen Riß im Belag des Gehsteigs wucherte.

Plötzlich brach dicht neben ihren Ohren ein markerschütterndes Gebell los. Vor Schreck machten alle drei einen Satz in den Straßengraben, das Hündchen fiel fast aus dem Korb.

«Sitting Bull» stand mit den Vorderpfoten am Zaun und knurrte gefährlich. Aus seinem Mund troff Geifer, und er starrte mit seinen funkelnden Augen den Welpen an.

Simon murrte:

«Wenn du mich fragst, bräuchten die für den Kläffer einen Waffenschein!»

Rasch machten die Kinder, daß sie wegkamen. Der Hund blaffte hinter ihnen her.

Als sie genug Abstand hatten und sich in Sicherheit fühlten, rief Simon zu dem Tier zurück:

«Sitz! Du heißt ja *sitzender* Bulle und nicht bellender, du Bulldogge!»

Gemächlich schlenderten sie an den Einfamilienhäuschen mit den Karnickeln im Garten vorüber weiter die Dorfstraße hinunter.

Bei der Hecke vor dem Mattenhaus konnte Raffi es natürlich nicht lassen, ein paar Himbeeren zu pflücken.

Prompt wurde im Haus das Fenster aufgerissen, und Frau Matten lehnte sich raus.

«Finger weg!» schrie sie herüber. «Ihr Lausebengel!»

«Wußte gar nicht, daß Mädchen auch Bengel sind», sagte Simon.

«Eher Engel», gluckste Raffi und nahm eine Handvoll Beeren mit. Jetzt mußte sie sich entscheiden zwischen Mampfen und Summen, wobei ihr erstaunlicherweise eine Mischung davon gelang, die allerdings nicht gerade schön klang – ziemlich schmatziges Liedchen, das bestimmt nie in die Hitparade käme.

Bevor sie bei der Blumenwiese in den Feldweg einbogen, blieben sie stehen.

Simon klaubte unten im Korb einen Teil der Wolldecke herauf und zog ihn sachte über das Hündchen.

«Könnte hinhauen», murmelte er.

Sie spazierten der Wiese entlang. Der Duft von Heu und das ferne Rattern der Traktoren von benachbarten Bauerngehöften lagen in der Luft.

Nun kam der Blumenhof in Sichtweite.

Auf dem Vorplatz war nur Silvia zu sehen. Sie blies Rauch aus, warf einen Zigarettenstummel auf den Boden und zerrieb ihn mit dem Schuh. Dann stieg sie die Treppe hoch und verschwand im Haus.

Der Geschäftskombi war nicht da. Das bedeutete, daß Vater höchstwahrscheinlich auf Lieferfahrt war.

Ein Auto stand auf dem Kundenparkplatz. Also wäre Mutter im Laden mit einer Kundin beschäftigt.

Das sah alles gar nicht so schlecht aus.

Leise sagte Simon:

«Erst mal versuchen wir, den Welpen in Opas Zimmer zu bringen, ohne daß es jemand sieht. Und dann, wenn das Hündchen in Sicherheit ist, setzen wir uns zusammen.» Ernst blickte er die Mädchen an. «Es ist höchste Zeit, zu beraten, was wir im Fall von Silvia und dem weißen Pulver unternehmen sollen.»

Debora und Raffi nickten. Vor lauter Turbulenzen um das Hündchen hatten sie fast vergessen, in welch beunruhigender Lage sie wegen des gefälschten Hausmädchens steckten. Dieses Problem hatten sie ja schließlich auch noch am Hals.

Entschlossen traten sie mit dem Korb auf den kopfsteingepflasterten Platz und schritten an der Holztafel mit der Aufschrift KAMINSKIS BLUMENHOF und am plätschernden Brunnen vorbei. Simon pfiff eine Melodie, was natürlich das Auffälligste war, das er im Augenblick machen konnte, aber er selbst merkte nicht mal, daß er überhaupt pfiff.

Raffi marschierte kerzengerade über den Platz. Kurz vor dem Haus begann sie, den Oberkörper vor und zurück zu wippen, so aufgeregt war sie.

Mit leichter Panik bemerkte Debora, daß die Wolldecke in ihrem Korb sich an einer Stelle zu bewegen begann, weil das Hündchen mit der Nase nach oben stupste. Rasch schob sie es mit der Hand wieder runter.

Als sie auf der Vortreppe waren, näherte sich von hinten ein Auto. Die Pneus trommelten übers Pflaster. Es hupte.

Wie erstarrt drehten die Kinder ihre Köpfe und versuchten, so normal wie möglich zu gucken.

Es war der Kombi. Vater winkte durchs offene Fahrerfenster und rief:

«Hallo!»

Krampfhaft winkten sie zurück. Dann drückten sie die Haustür auf und retteten sich in den Flur.

Zwockel

13

Im Haus lehnten sich die Kaminski-Kids erleichtert gegen die Dielenwand. Diesmal hätten sie *alle drei* ein Handtuch gebrauchen können. Der Schweiß lief ihnen in Bahnen übers Gesicht.

Debora hob eine Ecke der Wolldecke im Körbchen an. Sofort streckte der Welpe den Kopf raus und schnupperte mit seinem schwarz glänzenden Näschen an ihrer Hand.

Ohne unnötigen Lärm zu machen, schlichen sie den Flur entlang. Hinter der Treppe zur oberen Etage bogen sie ab zu Großvaters Zimmer neben dem rückwärtigen Ausgang.

Simon klopfte an.

Als keine Antwort kam, drückte er die Klinke runter und öffnete.

Der Raum war leer.

Erschöpft setzten sie sich aufs Doppelbett mit der blauweiß gemusterten Federdecke und schauten sich an.

«Was jetzt?»

Simon blickte auf seine Uhr. «Viertel vor sechs. Um sechs kommt Mami rüber und beginnt zu kochen!»

«Wir verstecken das Hündchen unter dem Bett!» schlug Raffi vor.

Debora verzog das Gesicht. «Das geht doch nicht!»

«Wir brauchen irgendwas, wo wir's reintun können.» Suchend sah Simon sich in Großvaters Kammer um. Aber außer dem schweren Nachttisch, dem altmodischen Lehnstuhl und dem Tannenholz-Kleiderschrank stach ihm nichts ins Auge. Und in den Nachttisch konnten sie das Hündchen ja schlecht sperren.

«Opa hat doch was von einem Hund erzählt, den er früher mal gehabt hätte», überlegte Debora. «Vielleicht gibt's da noch irgendwas, wo dieser Hund damals drin geschlafen hat.»

«Das ist *die* Idee!» Begeistert stand Simon auf. «Im Schuppen hab ich mal einen großen Hundekorb gesehen – ganz hinten, wo die alten Feldwerkzeuge sind.»

Er spähte raus in den Flur.

«Ich geh rasch allein, das ist unauffälliger.»

Damit waren die Mädchen natürlich sofort einverstanden. Denn auf diese Weise hätten sie in der Zwischenzeit viele Gelegenheiten, das Hündchen zu streicheln. Ihre einzige Befürchtung war, daß plötzlich jemand reinkommen könnte.

«Du klopfst zweimal», schlug Debora vor. «Damit wir wissen, daß *du* es bist.»

Simon schaute nochmals auf die Uhr. «Wir haben noch genau zwölf Minuten, dann muß es gelaufen sein.»

Zielstrebig verschwand er im Flur.

Raffi hopste vor Aufregung wie ein Frosch durch den Raum, als sie die Tür verriegeln ging.

Simon benützte den Hinterausgang, weil er dachte, von da wäre die Gefahr nicht so groß, auf dem Weg zum Schuppen gesehen zu werden.

Flink sprang er über die Steinplatten und dann den Kiesweg zwischen den beiden Treibhäusern entlang.

Am Ende des Tunnels hielt er an und sah sich um.

Auf dem Hinterhof war niemand zu sehen. Das einzige Geräusch, das man hörte, war das Rauschen des Baches hinter dem Anwesen.

Simon sauste über den Platz zu der alten Scheune.

Das Tor war nicht abgeschlossen, aber es war hoch und schwer. Mühsam zog er es ein wenig auf und glitt durch den Spalt hinein.

Drinnen herrschte dämmriger Schatten. Schräg fielen durch Ritzen im Holz einzelne Sonnenstrahlen, in denen Staub tanzte.

Vorne im Raum standen die Fahrräder, daneben ältere Landmaschinen.

Im dunkleren Teil des Schuppens schob Simon das Werkzeug auseinander. Zwischen rostigen Gerätschaften, Kisten und leeren Jutesäcken fand er tatsächlich den abgewetzten Hundekorb. Er wollte danach greifen. Doch dabei übersah er eine vorstehende Sichel und schnitt sich daran.

Sofort begann die Hand zu bluten. Sterne blitzten vor seinen Augen auf, flimmerten und explodierten.

Obwohl er vor Schmerzen am liebsten geschrien hätte, biß er auf die Zähne,

Mit der gesunden Hand zupfte er sein Taschentuch heraus und preßte es auf die Wunde. Der karierte Stoff färbte sich stellenweise rot.

Simon zwang sich, nicht mehr hinzusehen. Die Zeit wurde immer knapper. Wenn er noch rechtzeitig zurück sein wollte, mußte er jetzt handeln.

Während er das Schnupftuch um die geballte Faust schlang, so daß er es innen mit den Fingern festklammern konnte, hörte er die Sekunden förmlich wegticken.

Angestrengt zerrte er mit einer Hand den Korb heraus und hielt ihn in einen Lichtstreifen hoch. Als er sah, wie staubig er war, schüttelte er ihn und blies die Kanten ab. Das wirbelte eine so große Wolke auf, daß er niesen mußte.

Er trug das Ding vor sich her zum Eingang der Scheune.

Vorsichtig linste er raus. Es war noch immer niemand zu sehen. Simon warf nochmals einen Blick auf seine verletzte Hand. Das ganze Tuch war inzwischen rot.

Er nahm sich zusammen und zwängte sich mit dem sperrigen Korb voran durch die Spalte.

Draußen im blendenden Sonnenlicht flitzte er über den Platz, bog auf den Kiesweg zwischen den Pflanzentunnels ein und gelangte zum Haus. Auf dem ganzen Weg hatte er irgendwie das Gefühl, von jemandem beobachtet zu werden.

Als er die Tür aufmachte, fiel in der oberen Etage im Fenster der Hausmädchenkammer die Gardine zurück. Dahinter lächelte Silvia nachdenklich vor sich hin. Sie legte sich aufs Bett – obwohl sie fast den ganzen Nachmittag geschlafen hatte, war sie immer noch müde.

Unten wollte Simon gerade keuchend bei Großvaters Zimmer anklopfen, als er hörte, wie die vordere Haustür geöffnet wurde.

Rasch drückte er die Klinke runter, um zu den Mädchen hinein zu verschwinden, doch die Tür ging nicht auf. Hastig klopfte er zweimal an.

Es gibt Momente, die kommen einem vor wie eine Ewigkeit. Dies war einer davon. Bis endlich drinnen der Riegel zur Seite geschoben wurde und die Tür aufknarrte, trat im Flur jemand um die Ecke.

Simon hielt die Luft an.

Der Mensch, der sich der Holzwand entlang auf ihn zutastete, hatte ein stilles Strahlen im Gesicht. Es war Großvater.

Simon sperrte den Riegel vor, kaum war Opa im Zimmer.

«Was ist denn, was ist denn?» fragte Großvater verdutzt.

«Wir haben jemanden zu Besuch», sagte Debora freudig.

Mit vorgebeugtem Kopf lauschte der alte Mann. Er hörte den Atem der Kinder, in den sich das schwach pfeifende Hecheln des Welpen mischte.

«Ach so!» Das Lächeln breitete sich auf seinem Gesicht aus. «Das Hündchen!»

In diesem Augenblick entdeckte Raffi Simons blutverschmierte Hand. «Was hast du denn da?»

«Halb so schlimm», preßte er hervor, obwohl die Hand heiß wie Feuer brannte. «Ich geh mal schnell ins Bad und kleb ein Pflaster drüber.»

«Oh-oh», machte Raffi erschrocken.

Simon stellte den großen Hundekorb auf den Fußboden und zog die Tür hinter sich zu.

Besorgt mahnte Debora: «Wir müssen uns beeilen! Gleich beginnt Mami zu kochen!»

«Ja, aber mich holt sie erst, wenn sie fertig ist», beruhigte Großvater.

Seufzend setzte er sich in den Lehnstuhl.

«Na, dann gebt mir mal unseren kleinen Freund, damit ich ihn kennenlernen kann.»

Debora federte hoch, nahm den Welpen aus dem Einkaufskorb und setzte ihn Opa auf den Schoß.

Er begann das Tier zu streicheln. «So, mein Kleiner. Du bist ja noch ein blutjunges Hundelchen!»

Geschäftig zupfte Debora die Wolldecke aus dem Einkaufskörbchen und polsterte damit den großen Hundekorb. Sie wollte es für das Hündchen so gemütlich wie möglich machen.

«Am besten, wir bringen ihm ein Milchfläschchen», schlug Raffi vor. «Wie einem Baby – es hat doch bestimmt Hunger.»

Opa schüttelte den Kopf. «Ich glaube, der kann schon richtiges Futter fressen. Deshalb hat der ADLER-Wirt die Welpen jetzt und nicht früher weggegeben. Solange sie noch an der Mutterbrust tranken, hätte das keinen Sinn gehabt – aber nun, wo man ihnen Futter kaufen müßte, schon.»

Der Welpe legte sich auf den Rücken, und Großvater kraulte ihm den Bauch. Die beiden schienen sich schon richtig miteinander anzufreunden.

Die Tür ging auf. Sofort spitzte das Hündchen die Ohren und jaulte leise.

Simon trat ein. Er war blaß im Gesicht und trug ein großes Pflaster auf der Hand.

Großvater hob den Kopf. «Alles in Ordnung?»

Simon nickte gefaßt. «Schon okay.»

Als der Welpe an Opas Hemd schnupperte, fuhr dieser ihm sanft über das Köpfchen. «Na, wie heißt du denn eigentlich, mein Kleiner?»

«Wissen wir noch nicht», sagte Raffi. «Aber ich hätte da vielleicht eine Idee.»

«Laß hören, Schwesterchen!» forderte Simon sie auf.

«Weil der doch so klein ist, hab ich gedacht... wie wär's denn mit 'Zwerg'?»

«Zwerg?» Debora blickte sie befremdet an. «Gefällt mir gar nicht! Mein Lieblingsname wär ganz was anderes.»

«Welcher denn?»

«Jockel!» Gespannt schaute Debora die beiden Geschwister an, was sie davon halten würden.

«Ich find beide etwa gleich doof», beschied Simon.

Opa brummte:

«Und dein Vorschlag, Simon?»

«Mir fällt bloß 'Bello' ein, doch davon gibt's schon so viele...»

«Das stimmt allerdings», murmelte Großvater. «Ich habe einen Vorschlag: Wenn ihr euch zwischen 'Zwerg' und 'Jockel' nicht entscheiden könnt, dann nehmt doch eine Mischung davon. Zum Beispiel 'Zwockel'!»

Die Kinder schauten sich verblüfft an.

«Zwockel? Aber so heißt doch kein Hund!»

«Eben nicht», entgegnete Opa und hob das niedliche Hündchen ein wenig in die Höhe. «Das hier ist der erste Hund mit Namen Zwockel!»

Der Welpe reckte das Köpfchen und leckte mit seinem rosa Züngchen über Großvaters Finger, als wollte er damit zeigen: Genau so will ich heißen – ein Hündchen namens Zwockel.

Das weiße Pulver

14

Nach dem Abendbrot trafen sich die Kinder in Simons Zimmer. Überraschenderweise hatte vorhin nicht Mutter das Essen gerichtet, sondern Silvia. Weil die Eltern morgen an eine Blumen-Messe fahren würden, waren sie im Augenblick derart mit Vorbereitungen beschäftigt, daß Mutter das Hausmädchen gebeten hatte, für sie einzuspringen. Silvia war nicht gerade erfreut darüber, an ihrem freien Tag das Abendbrot zubereiten zu müssen. Mürrisch hatte sie die Sachen auf den Tisch geklatscht und mit den Kindern und Großvater gegessen, derweil die Eltern drüben im Büro geblieben waren.

Nun lagen Debora und Raffi auf Simons Bett. Der Junge saß daneben auf dem Stuhl, über dessen Lehne er sonst immer seine Kleider warf. Während sich Großvater unten um Zwockel kümmerte, hatten sie jetzt endlich einmal Zeit, um zu besprechen, was sie wegen Silvia und wegen des unheimlichen nächtlichen Besuchers tun sollten.

Debora schaute Simon an. «Weißt du eigentlich, was

das weiße Pulver in dem Beutel ist, den die beiden in der Nacht ausgetauscht haben?»

Er machte eine abwägende Geste, ließ das aber sofort wieder bleiben, denn seine Verletzung an der Hand schmerzte ihn bei jeder Bewegung. «Ich bin nicht sicher – aber ich könnte mir vorstellen, daß es Drogen sind!»

«Was sind denn Drogen?» wollte Raffi wissen.

«Das ist was ganz Gefährliches, das die Leute süchtig macht», erklärte Debora. «Wenn sie das mal nehmen, brauchen sie's immer wieder – und einige sterben sogar daran.»

Raffi sog erschrocken Luft ein. «So was Gefährliches, bei uns im Treibhaus?»

«Also», dachte Simon laut nach. «Papi hat gesagt, die betreffenden Blumenlieferungen kämen aus Holland. Dann könnte doch dort jemand die Beutel mit dem Pulver in den Pflanzen verstecken – und so gelangen die Dinger unbemerkt über die Grenze zu uns ins Land!»

«Silvia nimmt das Zeug aus den Blumen», folgerte Debora, «um es in der Nacht ihrem Macker zu übergeben.»

«Deshalb hat sie sich auch den Job in unserem Haus geangelt. Obwohl sie gar kein Hausmädchen ist!»

Mit offenem Mund guckte Raffi die beiden an. «Aber dann müssen wir doch unbedingt die Polizei rufen!»

«Unmöglich.» Simon schüttelte den Kopf. «Stell dir vor! Wenn der Grenzschutz die Beutel am Zoll entdeckt – die Sendung ist an Papi adressiert! Auf wen würde wohl der Verdacht fallen?!»

Debora fühlte sich total mulmig. «Das ist ganz schön gefährlich! Denn auch wenn die Drogen in unserem

Treibhaus gefunden würden, läge der Verdacht auf Papi. Wie sollte er beweisen, daß er mit der Sache nichts zu tun hat – daß die Hausangestellte und ein unbekannter Mann die Schuldigen sind?»

Simon nickte bange. «Silvia könnte es einfach abstreiten und wäre fein raus. Und das Schlimmste: Wenn alles auskäme, würde die Polizei vielleicht verbieten, daß Papi die Blumen weiterhin in Holland einkauft. Und dann müßten wir die Blumenhandlung schließen!»

Raffi begann vor Angst zu weinen. «Aber was sollen wir denn tun?»

Debora legte ihr die Hand auf die Schulter und streichelte ihr über den Rücken.

«Nein, nein, nicht weinen», tröstete sie die Kleine.

Simon murmelte:

«Wir müssen irgendwie beweisen können, daß Silvia und der Mann hinter der Sache stecken.»

Schniefend sah Raffi auf. «Aber wie?»

Debora und Simon blickten sich ernst an. «Wir müssen uns irgendeinen Plan einfallen lassen! Noch heute nacht!»

Im Pyjama schlichen die Kaminski-Kids die Treppe hinab. Doch unten gingen sie nicht ins Badezimmer, um sich die Zähne zu putzen, sondern bogen in den Flur nach hinten zu Großvaters Kammer ab. Leise klopften sie an.

Zunächst hörten sie ein schleifendes Geräusch. Und dann Opas Stimme:

«Herein! Es wird wohl kein Geißbock sein!»

Sie traten ein.

«Ach, ihr seid's!» Großvater bückte sich und zog den Hundekorb wieder unter dem Bett hervor, was erneut einen schleifenden Ton verursachte.

Raffi flüsterte:

«Wie geht's ihm?»

Alle schauten auf das Hündchen runter, das zusammengerollt auf der Decke schlief. Sein niedlicher hellbraun-weißer Bauch hob und senkte sich friedlich beim Atmen.

Mit gedämpfter Stimme erzählte Opa:

«Zwockel hat zuerst noch eine Weile lang seine Mutter und seine beiden Brüderchen gesucht. Aber schon bald ist er eingeschlafen. Es scheint ihm hier sehr gut zu gefallen. Jedenfalls hat er sich ganz wohlig in seinem Korb geräkelt.»

«Am besten, wir gehn jetzt wieder.» Simon trat zur Tür. «Sonst wecken wir ihn noch auf.»

«Denk ich auch», bestätigte Opa.

Die Mädchen konnten ihren Blick fast nicht von Zwockel losreißen. Deshalb schob der alte Mann kurzerhand den Korb wieder unters Bett.

«Also», sagte Debora. «Wir kommen ihn morgen früh wieder besuchen.»

«In Ordnung.» Großvater nickte. «Schlaft gut.»

«Gute Nacht», wünschten die Kinder und verließen so geräuschlos wie möglich den Raum.

Als sie im Flur zum Bad schlichen, hörten sie vom Wohnzimmer her die Stimmen ihrer Eltern.

Simon legte einen Finger an die Lippen und deutete den Mädchen an, sie sollten doch hinhorchen.

Mutter sagte gerade:

«Findest du nicht auch, die Kinder benehmen sich in letzter Zeit so seltsam?»

«Mhm», antwortete Vater. «Ist mir auch aufgefallen.»

Simon, Debora und Raffi sahen sich erschrocken an.

«Mich beunruhigt das.» Das war wieder Mutter. «Ausgerechnet jetzt müssen wir auf diese Blumen-Messe fahren. Muß das denn wirklich sein?»

«Du weißt doch, wie wichtig das ist!» kollerte Vater.

Mutter klang richtig besorgt. «Mir ist einfach nicht wohl dabei, die Kinder ausgerechnet jetzt allein zu lassen.»

«Sie sind nicht allein, Opa ist ja hier.» Es klang, als versuchte Vater auch ein bißchen, sich selbst zu beruhigen.

«Ja, schon», sagte Mutter. «Aber Opa wird auch langsam alt. Heute hab ich ihn in seinem Zimmer mit jemand sprechen hören. Ich glaub, er kommt in das Alter, wo man Selbstgespräche führt.»

Trotz des Ernsts der Lage mußten sich die Kinder jetzt die Hände vor den Mund pressen, um nicht laut loszuplatzen vor Lachen. Opa und Selbstgespräche! Wenn Mami wüßte – so alt ist Großvater nun also auch wieder nicht!

Sie versuchten, die angehaltene Luft zurückzuhalten und nicht herauszuprusten wie trompetende Elefanten, doch das war gar nicht so einfach.

Lautlos huschte Simon die Treppe hoch bis zur Hälfte. Raffi schaute ihm verwundert nach, während Debora wußte, was er vorhatte. Er kehrte um und trat mehrmals hintereinander auf die laut knarrende fünfte Stufe. Diesen Trick hatten sie sich mal ausgedacht – so konnten sie den Eindruck erwecken, als kämen sie erst jetzt herunter.

Im Wohnzimmer verstummte das Gespräch der Eltern.

Die Kinder gingen ins Bad und begannen sich die Zähne zu putzen. Sie waren nach allem, was sie erlebt hatten, so müde, daß sie fast im Stehen umkippten. Heute würde Mutter nicht lange auf sie einreden müssen, um sie ins Bett zu kriegen.

Die erste Lieferung

15

Simon lag in seinem Bett und starrte gegen die Decke. Obwohl er völlig erschöpft war, konnte er nicht einschlafen. Die Wunde an seiner Hand feuerte wie Glut. Fieberhaft überlegte er, ob das Ding, an dem er sich im Schuppen geschnitten hatte, rostig gewesen war. Mutter hatte ihnen oft erzählt, bei rostigen Kratzern müsse man sofort zum Arzt, um sich nicht mit was ganz Schlimmem anzustecken – Starrkrampf oder so was ähnlichem. Man könne sogar daran sterben. Am Anfang hatte er noch gedacht, es würde sich vielleicht wieder geben: Jeder Schnitt tat zwar weh, aber da muß man ein eben bißchen tapfer sein und auf die Zähne beißen. Doch weil die Hand nun immer noch so tierisch schmerzte, bekam er allmählich richtig Angst. Was geschähe, wenn er sich angesteckt hätte? Würde sich das Brennen in der Hand weiter ausbreiten, von der Hand den Arm hoch, immer weiter, bis der ganze Körper davon erfaßt war? Könnte er da noch zum Arzt, oder wäre es dann zu spät dafür?

Schweiß stand auf seiner Stirn. Auch seine Beine

schwitzten unter der Decke. Am liebsten wäre er jetzt zu Mutter gerannt. Aber dann hätte er ihr alles erzählen müssen. Alles. Wie der Unfall geschehen war, was er überhaupt im Schuppen zu suchen hatte, die ganze Geschichte eben. Und daß er und die Mädchen in Silvias Kammer herumgestöbert hatten, obwohl das strengstens verboten war – dort war die Sache ja losgegangen.

Unmöglich, das alles zuzugeben. Ein Vorfall war mit dem anderen verkettet, die Dinge hafteten aneineinander wie Magnete. Simon merkte: Wenn man mal etwas im Versteckten getan hatte, zog das eine Lüge nach sich, und das wiederum die nächste Lüge, und es wurde immer schwieriger, das ganze zuzugeben.

Beklommen tastete er über das Pflaster auf der Wunde. Der pochende Schmerz erfüllte schon die ganze Hand, und er hatte das Gefühl, als glühe es bis in die Schulter hinauf. Simon war nahe daran zu weinen, aber er drückte die Tränen weg.

Mit geschlossenen Augen betete er zu Gott, daß er diese Krankheit nicht bekäme. Er sah den Jesus in der Kirche vor sich – die Hände mit Nägeln ans Kreuz gehämmert. Das mußte weh getan haben wie der Schnitt in seiner Hand, dachte er, noch dazu in beiden Händen und Füßen! Zum ersten Mal spürte er eine Ahnung davon, welche Qualen so was bedeuten mußte.

Draußen auf der Diele ächzte es leise.

Simon suchte nach dem Schalter der Nachttischlampe und knipste sie an.

Er sah, wie die Tür seines Zimmers aufging.

Es war Debora, die hereinschlich und sich auf seine Bettkante setzte.

«Tut's immer noch weh?»

Simon nickte stumm.

«Wenn's morgen nicht besser ist, sagen wir's Mami», flüsterte sie.

Er nickte wieder und preßte hervor:

«Aber du weißt, was dann passiert.»

Traurig senkte sie den Kopf. «Ich weiß. Zwockel.»

Sie schaute sich seine verletzte Hand an. «Zeig mal her.» Vorsichtig streifte sie seinen Pyjama-Ärmel bis zum Ellbogen hoch. «Ich hab mal gehört, wenn man eine Blutvergiftung hat, gibt's einen roten Strich auf der Haut.»

Ein Schock fuhr Simon durch die Knochen, als seine Schwester gewissenhaft den Arm aus der Nähe absuchte. Wenn er eine Blutvergiftung hätte…

«Nichts», befand sie.

Erleichtert seufzte er auf. Wenigstens das. Mit dem Ärmel wischte er sich die Stirn trocken.

Debora murmelte:

«Mir wird die ganze Sache langsam zu brenzlig, weißt du, Simon.»

«Mir auch. Am liebsten wär mir, wir müßten nicht alles verheimlichen.»

«Daß Mami sich solche Sorgen um uns macht, paßt mir gar nicht.»

Er sah sie eindringlich an. «Wir müssen so schnell wie möglich eine Lösung finden, damit das nicht mehr lange so weitergeht.»

«Hör mal, ich hab mir da was überlegt.» Debora beugte sich noch näher zu ihm und sprach mit fast unhörbarer Stimme. «Morgen früh kommt doch wieder eine Blumenlieferung aus Holland. Wenn Silvia da einen Beutel mit weißem Pulver rausnimmt, wird sie den vielleicht in der nächsten Nacht wieder dem fremden Mann geben. Und dann überraschen wir die beiden auf frischer Tat!»

«Mensch!» Vor Begeisterung schlug Simon auf die Decke. «Ah!» Mit schmerzverzerrtem Gesicht blies er aufs Pflaster. «Der Plan ist gut», flüsterte er dann. «Aber wir müssen irgendwie beweisen können, daß die beiden es waren.»

«Stimmt.»

Sie überlegten. Debora kratzte sich am Kopf. Simon kaute auf seiner Unterlippe.

Plötzlich blickte er auf. «Der Fotoapparat! Papi hat doch letztes Jahr eine neue Kamera mit so 'nem großen Objektiv gekauft, mit dem man die Dinge aus der Entfernung alle ranzoomen kann!»

«Genau! Wir fotografieren sie!»

Die beiden schauten sich aus leuchtenden Augen an. «Das ist *die* Idee!»

Mit Blick auf seine Hand fragte sie:

«Und – geht's wieder?»

Simon nickte tapfer.

Sie stand auf. «Aber wirklich – du mußt es sagen, wenn...»

«Ist schon gut. Alles okay.»

«Na dann. Schlaf gut.»

«Du auch.»

Leise verließ das Mädchen den Raum wieder.

Simon beugte sich zum Wecker hinunter. Er stellte ihn auf halb sechs Uhr und wickelte sein T-Shirt darum. Auf keinen Fall wollte er verschlafen, wenn am Morgen die erste Blumenlieferung eintreffen würde.

Gähnend löschte er das Licht und streckte sich aus.

Obwohl die Hand immer noch weh tat, fühlte er sich jetzt schon viel besser.

Der Wecker lärmte dumpf im Knäuel. Simon versetzte ihm mit der gesunden Hand einen Hieb, worauf das Ding verstummte.

Draußen zwitscherten die Vögel. In das Ziepen und Trillern mischte sich das Motorengeräusch eines LKWs, der auf den Hof fuhr.

Simons Lider klebten wie angeleimt auf seinen Augen. Es kam ihm vor, als hätte die Nacht weniger als eine Sekunde gedauert. Er konnte sich nicht erinnern, wie er eingeschlafen war – und jetzt war's schon Morgen!

Als erstes spürte er, daß seine Verletzung nicht mehr schmerzte.

Mit großer Anstrengung brachte er es fertig, die Augen zu öffnen. Die Hand sah normal aus – genau wie sonst, nur eben mit einem Pflaster drauf.

Vom Hinterhof drangen Stimmen ins Zimmer. Eine davon erkannte Simon als die seines Vaters.

Er drehte den Kopf. Durch das Fenster fiel rötliches Licht vom Sonnenaufgang.

Simon zwang sich aufzustehen, obwohl er viel lieber liegengeblieben wäre und weitergeschlafen hätte.

Gähnend schaute er durch die Gardinen auf den Hof

hinunter. Von hier hatte er eine gute Sicht auf die Treibhäuser und die hintere Zufahrt. Ein Lieferwagen mit holländischen Kennzeichen stand unten. Vater sprach mit dem Fahrer, der gerade in die Führerkabine stieg, winkte, die Tür zuzog und den Diesel anließ.

In der Abgaswolke begann Vater damit, die gelieferten Pflanzen ins Treibhaus zu tragen. Er mußte drei-, viermal zurückkommen, um auch die letzten Kistchen zu holen. Als er damit fertig war, schritt er pfeifend über die Steinplatten zum Haus und verschwand durch den rückwärtigen Eingang im Laden.

Simon gähnte erneut.

Außer dem Singen der Vögel und dem Rauschen des Baches war kein Laut mehr zu hören. Die Sonne stieg über die Baumspitzen des Waldes auf der anderen Seite des Baches hinter dem Gehöft.

Simon spürte, wie müde er war, und fragte sich, ob sie sich wohl die ganze Geschichte nur eingebildet hatten. Vielleicht gäbe es für alles eine Erklärung.

Als er schon zum Bett zurück wollte, um sich wieder hinzulegen, flirrte plötzlich ein Geklingel los. Vor Schreck zuckte er zusammen, weil er glaubte, auf etwas getreten zu sein. Doch dann merkte er, daß das Geräusch aus der Hausmädchenkammer kam.

Das Bimmeln hörte auf.

Simon wagte keine Bewegung.

Nebenan setzte ein Rumoren ein.

Nach einer Weile knarrte die Tür. Schritte im Flur und dann auf der Treppe.

Behutsam trat der Junge wieder ans Fenster.

Es dauerte nicht lange, bis unten Silvia aus dem Haus kam.

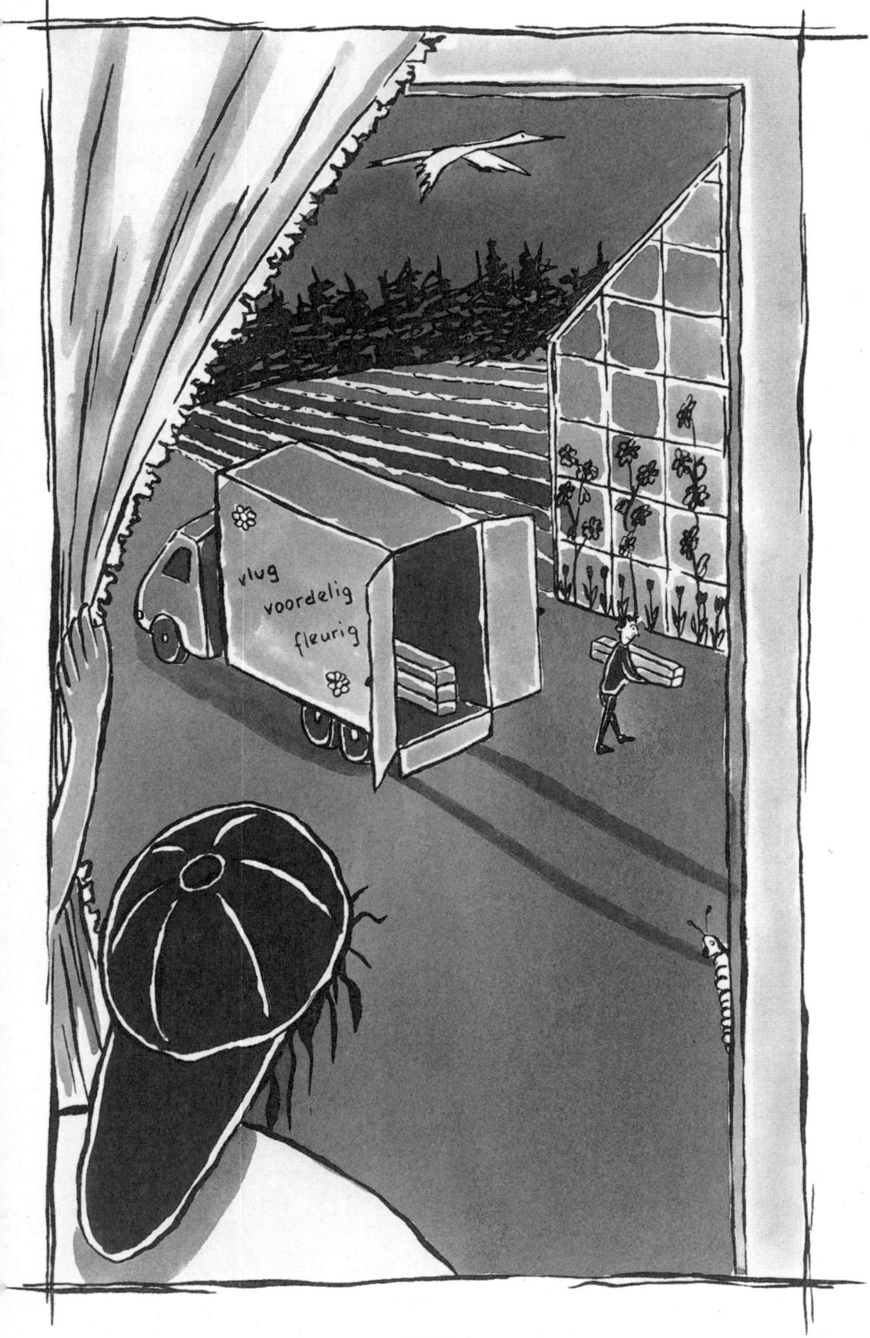
vlug
voordelig
fleurig

Sie schaute sich um, huschte zum Treibhaus und schlüpfte hinein.

Durch die Glasscheiben des Gewächshauses war zu sehen, wie das Hausmädchen drinnen die neugelieferten Kistchen durchsuchte. Aus der Erde einer Pflanze zog sie einen Beutel hervor und hastete damit ans andere Ende des Tunnels. Dort schleifte sie ein paar Säcke zur Seite, kippte einen umgestülpten Blumenkasten zurück und versteckte den Beutel darin. Rasch stellte sie alles wieder so hin, wie es zuvor war. Bevor sie das Gewächshaus verließ, sah sie sich nach allen Seiten um.

Sicherheitshalber machte Simon einen Schritt zurück.

Tatsächlich warf Silvia einen Blick zu seinem Fenster hoch. Doch im Dunkel des Zimmers würde sie ihn nicht sehen, hoffte er.

Eilig kam Silvia über die weißen Steinplatten zum Haus zurück und verschwand darin.

Auf Zehenspitzen tapste Simon zum Bett und legte sich hin, noch bevor die Hausangestellte wieder oben in ihrer Kammer war.

Also war's eben doch so, wie sie vermutet hatten – sie hatten Silvia nicht zu Unrecht verdächtigt! Obwohl er und Debora auf der richtigen Spur gewesen waren, konnte er die Wahrheit nun doch fast nicht glauben. Aber lange blieb ihm nicht Zeit, um darüber nachzugrübeln. Kaum hatte er die Augen geschlossen, war er wieder weggedämmert.

Schuhsohlen zu Mittag

16

Raffi und Debora saßen in Großvaters Zimmer und streichelten das Hündchen. Eben hatte Debora der Kleinen den Plan mit dem Fotoapparat erzählt.

Raffi guckte aufgeregt. «Da will ich natürlich auch dabeisein! Wann geht's los?»

«Beruhige dich, Schwesterchen», wiegelte Debora ab. «Erst in der Nacht. Bis dahin liegt noch ein Tag dazwischen.»

«Wann wird's denn endlich Abend?» drängelte die Kleine ungeduldig.

Debora stöhnte auf und konzentrierte sich wieder auf Zwockel. Sein Fell war so weich, sie liebte es, über den flauschigen Bauch zu streichen.

Plötzlich schnellte das Hündchen hoch und war mit einem Satz aus dem Korb. Debora hatte gar nicht gehört, daß die Tür aufgegangen war. Bevor sie reagieren konnte, war Zwockel schon knurrend an den Hosenbeinen des Eintretenden hochgesprungen und harkte sich mit den Krallen an der Gesäßtasche fest.

Es war Simon, der reinkam.

«Ja, Bingo!» rief er erschrocken.

Gepreßt stieß Debora hervor:

«Zwockel!»

Das Hündchen warf den Kopf herum.

«Komm sofort her!»

Dazu schien der Collie jedoch keine Lust zu haben.

Als Debora aufstand und den Hund von hinten wegzog, ließ er die Krällchen nur widerstrebend vom Jeansstoff los.

«Das ist ja ein Ding!» staunte Simon, der die Tür hinter sich zuzog. «Ein richtiger Wachhund!»

Raffi blickte keck. «Tja, der ist eben gut erzogen!»

«Mega», bemerkte Debora.

Simon vermutete:

«Mich kennt er wahrscheinlich noch nicht so gut.»

Dann änderte er den Tonfall seiner Stimme. «Wißt ihr was?»

Gespannt schauten die Mädchen auf.

Der Junge setzte sich auf die Bettkante. «Wir müssen heute unbedingt einen Farbfilm für die Kamera kaufen. Die Frage ist bloß, wo.»

«Vielleicht bei Frau Emma», schlug Raffi vor. Sie verwechselte immer den Namen der Ladenbesitzerin Frau Fürling mit deren Spitznamen «Tante Emma».

Simon mußte lächeln. «Ich glaube kaum, daß die so was führt. Aber wir müssen es versuchen, mir fällt sonst auch nichts anderes ein.»

Auf dem Flur näherten sich Schritte.

Gebannt starrten die Kinder zum Zimmereingang.

Die Klinke wurde runtergedrückt.

Langsam knarrte die Tür auf.

Großvater kam herein. Das Hündchen tapste friedlich hin und schmiegte sich an Opas Beine.

«Ja, ja, du kleiner Held», brumselte der alte Mann.

Nachdem er die Tür geschlossen hatte, beugte er den Kopf leicht vor und lauschte.

«Da ist ja noch jemand hier.» Ein Lächeln legte sich auf seine Lippen. Bedächtig hob er die Hand und zeigte auf Simon. «Ein netter Junge.» Dann deutete er rüber in Richtung Bett. «Und hier... ein nettes Mädchen. Ja, ein Mädchen namens Debora.»

Raffi verklemmte sich das Lachen, hielt sich still wie ein Mäuschen und funkelte die anderen aus ihren Augen an.

«Aber halt», brummte Opa. «Da ist ja noch jemand! Ein zweites Mädchen – ein etwas kleineres, aber ebenfalls ein sehr nettes!»

Raffi prustete:

«Wie machst du das bloß?! Keiner von uns hat einen Ton gesagt! Wie wußtest du denn, daß wir hier sind?»

Mit der Hand voran tastete sich Großvater zu seinem Lehnstuhl. «Ich hab's nicht gewußt. Ich hab's gehört.» Behutsam setzte er sich hin und seufzte auf. «Euer Atem hat euch verraten. Jeder Mensch klingt beim Atmen ein wenig anders.» Er rückte das Kissen in seinem Rücken zurecht. «Das ist fast wie bei den Fingerabdrücken – da ist auch keiner gleich wie ein zweiter.»

Beeindruckt schauten die Kinder ihn an.

Das Hündchen schnupperte an seinen Schuhen und hüpfte dann auf seinen Schoß. Sofort kringelte es sich wohlig hin, als Großvater es zu streicheln begann.

Debora, Raffi und Simon spielten Fangen, doch die beiden Mädchen schafften es auf Dauer nie, dem Jungen zu entwischen. Als sie keine Lust mehr dazu hatten, lümmelten sich die drei in die Küche, um Silvia beim Kochen zuzuschauen.

Die Angestellte hatte ihr Buch HAUSHALTEN EINFACH GEMACHT neben dem Herd liegen, schlug es aber sofort zu und packte ein normales Kochbuch drüber, als sie reinkamen. Ungeschickt hantierte sie mit Pfannen und Speiseöl herum.

Es machte sie sichtlich nervös, daß sie beobachtet wurde. Immer wieder blies sie sich ihr blondes Haar mit der grünen Strähne aus den Augen.

Als das Öl noch nicht mal richtig heiß war, legte sie schon die Schnitzel in die Pfanne und briet sie auf kleiner Hitze. Die Kinder warfen sich einen wissenden Blick zu. Doch sie brauchten längst keinen weiteren Beweis mehr dafür, daß Silvia vom Essenmachen weniger verstand als ein Nashorn vom Popeln. Das hatten sie nun zur Genüge durchlitten.

Um nicht aufzufallen, begannen sie den Tisch zu decken. Aber Silvia bemerkte das kaum, denn sie war bis über beide Ohren damit beschäftigt, nichts anbrennen zu lassen.

Es war schon alles bereit, als die Eltern vom Laden herüberkamen. Großvater schlurfte auch in die Küche.

Nach dem Tischlied versuchten sie ihre Schnitzel zu zerschneiden. Die Dinger waren ledrig wie Schuhsohlen.

Weil Raffi es nicht schaffte, gab sie ihr Stück zu Mutter rüber. Die war gerade dabei, Opas Schnitzel zu zerkleinern – sie kam aus dem Schnippeln kaum mehr raus.

Simon grantelte: «Da braucht man ja eine Motorsäge», und säbelte an seinem Fleisch so heftig herum, daß es plötzlich aus dem Teller geschleudert wurde und über den Tisch flitzte.

Verhalten fingen die Kinder an zu kichern.

Vater konnte sich ein Schmunzeln kaum verkneifen, doch dann sah er Simon tadelnd an:

«Auch wenn das Fleisch nicht immer so zart ist: Wir können dankbar sein, Simon, daß wir überhaupt welches haben – daß es uns so gutgeht und wir immer genügend zu Essen haben.»

Opa nickte, während Simon sein Schnitzel aufspießte und wieder in den Teller zurückbeförderte.

Vater schnitt ein Stück Fleisch ab und zog jetzt, weil er das Messer nicht ganz hindurchkriegte, mit der Gabel daran. Als es auf einmal nachgab, rutschte er damit volle Pulle in die Ketchup-Beilage aus. Rot spritzte es über den Tellerrand auf das weiße Tischtuch.

«Aber das ist doch ...» Mutter mußte selber schmunzeln.

Jetzt konnten sich die Kinder nicht mehr halten – sie lachten voll los.

Vater versuchte ernst zu bleiben, aber das war gar nicht so einfach.

Silvia, die seit einer Ewigkeit auf ihrem ersten Bissen herumkaute, starrte peinlich berührt vor sich hin.

Mutter legte ihre Hand auf ihren Arm. «Schon gut. Ist

mir auch schon passiert. Das kann bei der besten Köchin vorkommen!»

«Klar», doppelte Vater nach. «Dafür haben wir jetzt ein Kunstwerk in der Küche.» Er deutete auf die Tischdecke. «Rote Tupfen auf weißem Grund. Moderne Kunst! Wie könnten wir das Gemälde denn nennen?»

«Tischtuch mit Masern», schlug Debora vor.

«Wie krieg ich bloß die Flecken wieder raus?» fragte Mutter mehr sich selbst als die anderen.

«Genau», brummte Großvater. «Das find ich den besten Titel für ein modernes Gemälde.»

«Welchen?»

«Na, den: 'Wie krieg ich bloß die Flecken wieder raus‘!»

Als die Kinder erneut loslachten, stand Silvia auf und begann, von ihnen abgewandt, an der Kaffeemaschine herumzufummeln.

Opa wechselte das Thema:

«Im Rundfunk haben sie gesagt, heute werde der heißeste Tag des Jahres.»

«Dann habt ihr ja fürs Schwimmbad den richtigen Nachmittag ausgewählt!» Mutter blinzelte die Kinder an. «Zuerst müßt ihr aber noch in die Stadt, um ein paar Sachen für die Schule einzukaufen – die geht ja nächste Woche wieder los. Silvia fährt euch im Auto hin.» Sie drehte sich zu dem Hausmädchen herum. «Sie wissen doch, wo das Schreibwarengeschäft Bergmann in der Innenstadt ist? Da können Sie auch gut vor dem Haus parken.»

Silvia nickte und brachte zwei Tassen Kaffee zum Tisch.

«Am besten», riet Mutter, «fahrt ihr gleich nach dem Essen los.»

«In Ordnung.» Die Hausangestellte rümpfte nicht mal die Nase. Ihr schien die Aussicht auf einen Ausflug in die Stadt zu gefallen.

Den Kindern auch. Debora und Simon schauten sich aus funkelnden Augen an. Um einen Film für den Fotoapparat zu bekommen, gäbe es kaum was Besseres, als in die Stadt zu fahren.

Mutter lächelte sie an. «Dann seid ihr früh zurück und habt nachher noch schön Zeit zum Baden.»

Mit leuchtendem Gesicht rief Raffi:

«Klasse, Mann!»

Unternehmungslustig stand sie auf, um nach oben zu wieseln und schon mal ihre Badesachen bereitzumachen.

«Wenn ihr zurückkommt, werden wir bereits fort sein», erklärte Vater. «Ihr wißt ja, Mami und ich besuchen diese Blumen-Messe und bleiben über Nacht weg. Aber morgen abend sind wir bereits wieder hier.»

«Mhm», machten die Kinder. Sie wußten alle drei schon sehr genau, was sie in dieser Nacht vorhaben würden.

Verfolgung in der Stadt

17

Raffi strahlte auf dem Beifahrersitz über beide Backen. Bei Mutter oder Vater durfte sie nie vorne im Auto sitzen, weil sie dazu noch zu klein sei – deshalb genoß sie die Ausnahme jetzt doppelt. Auf dem Rücksitz schauten Debora und Simon mit Fahrtwind im Haar aus den heruntergekurbelten Seitenfenstern hinaus.

Silvia schien sich in der Stadt gut auszukennen. Jedenfalls nahm sie Abkürzungen und fuhr durch Nebenstraßen, die Mutter noch nie benutzt hatte.

Im Auto des Hausmädchens sah es aus wie in einem Abfallkorb. Der Fußboden war übersät mit Kaugummipapierchen und zusammengeknüllten Kekspackungen. Am Armaturenbrett quoll der Aschenbecher vor Kippen über und verbreitete im ganzen Wagen einen tödlichen Mief.

Am Rückspiegel baumelte ein gerahmtes Foto.

Simon zuckte zusammen, als er den Mann auf dem Bild erkannte. Blonde Haare, junges, gutaussehendes Gesicht, etwa 25 Jahre alt, kühl lächelnder Mund. Der nächtliche Besucher, der neulich um drei Uhr morgens

Jump and win

von Silvia den Beutel mit dem weißen Pulver bekommen hatte! Im ledernen Rahmen des Fotos prangte in goldenen Großbuchstaben der Name ARTHUR.

Simon beugte sich zu Debora hinüber und flüsterte es ihr ins Ohr. Sie linste nach vorne und prägte sich das Bild ein.

Silvia merkte von allem nichts, weil sie mit einer solchen Geschwindigkeit durch ihre Schleichwege raste, daß sie sich voll auf die Straße konzentrieren mußte. Sie hatte eine Zigarette zwischen den Lippen, schnippte von Zeit zu Zeit die Asche achtlos auf den Kippenhaufen im Becher und warf den Stummel dann aus dem Fenster.

Vor dem Schreibwarengeschäft gab es tatsächlich eine Lücke.

Silvia parkte vorwärts ein und ließ den Wagen schräg im Parkfeld stehen.

Sie dachte keine Sekunde daran, etwas in die Parkuhr zu werfen.

Ohne das Auto abzuschließen, gingen sie zum Laden und traten ein.

Drinnen hielt Simon einer der drei Verkäuferinnen die Liste der Dinge hin, die sie benötigten. Darauf war notiert: ein Zirkel, spezielle Filzschreiber in verschiedenen Farben, drei linierte und drei karierte Hefte, schön bedrucktes Papier zum Einschlagen der Hefte und der neuen Schulbücher, drei Radiergummis und sechs Bleistifte.

Während die Verkäuferin die gewünschten Sachen zusammentrug und die Mädchen ihre Lieblingsfilzstifte aussuchten, sah Simon sich in dem Geschäft um, ob er irgendwo ein Regal mit Farbfilmen entdecken würde.

Silvia stierte gelangweilt aus dem Schaufenster. Aber plötzlich kam Leben in sie. Hastig beugte sie sich vor und spähte an einem Werbeständer vorbei nach draußen. Auf der anderen Straßenseite eilte zwischen weiteren Passanten ein junger, gutaussehender Mann vorüber. Er hatte blondes Haar, einen kühlen Zug um den Mund und trug einen schicken Anzug mit glänzenden Lackschuhen. Es war Arthur.

Aufgeregt kam Silvia zu den Kindern. «Hört mal her, Jungs!»

Die Mädchen blickten sie erstaunt an.

«Bin bald wieder zurück», sagte sie. «Hier habt ihr Kohle. Trinkt da drüben 'ne Cola.» Sie wurstelte einen zerkrumpelten Geldschein aus ihrer Hosentasche, warf ihn auf die Theke und zeigte auf das Café gegenüber. «Ihr wartet so lange da und rührt euch nicht von der Stelle!»

«Wunderbar», dachten Debora und Simon, «da haben wir ja genügend Zeit, einen Film zu besorgen!»

«Wo willst du denn hin?» fragte Raffi. «Du darfst uns nicht allein lassen!»

Bevor Simon oder Debora eingreifen konnten, platzte Silvia los:

«So? Darf ich nicht? Und was dürft *ihr* alles nicht, ey? Was ist zum Beispiel mit dem Hundekorb? Wozu bitte habt ihr so'n Ding ins Haus geschafft, könnt ihr mir das mal verklickern, hm?!»

Erschrocken hoben die Kinder bloß die Schultern.

Hinter dem Ladentisch blickte die Verkäuferin betreten von Silvia zu den Kindern und wieder zurück zu der Hausangestellten.

Die kauerte sich gerade zu den dreien hinunter und zischte mit leiser, aber drohender Stimme:

«Also – ich sag nichts von eurem Hundekorb, und ihr

haltet dafür die Klappe, daß ich euch 'nen Moment allein-laß! Verstanden?»

Simon nickte. «Okay.»

Kaum hatte er's gesagt, war Silvia auf und davon.

Die Verkäuferin sah ihr verdattert nach. Noch viel verdatterter schaute sie, als Simon rief: «Los! Ihr nach!»

Er grapschte den pampigen Geldschein von der Theke und stürmte mit den Mädchen zum Ausgang.

«Aber... eure Sachen!» Die Verkäuferin brachte den Mund kaum mehr zu. «Holen wir später!» hörte man Simon noch.

Dann schloß sich die Ladentür mit einem leisen Schwingen.

Silvia war bereits auf der anderen Straßenseite, weil sie über die Fahrbahn gerannt war. Immer wieder rief sie hinter Arthur her, aber er war zu weit weg, um sie durch den Verkehrslärm zu hören.

Die Kinder fanden es zu gefährlich, zwischen den vielen Autos hindurch über die Straße zu rennen. Deshalb wetzten sie zum nächsten Fußgängerstreifen. Ein Geruch stieg ihnen in die Nase, den sie von zu Hause kannten: In der Nähe des Kompostkübels miefte es genauso. Auf der Fahrbahn donnerte prompt ein Wagen der städtischen Kompostabfuhr vorbei und zog eine säuerlich-faulige Duftfahne hinter sich her.

An der Ampel drückte Debora auf den Knopf, der das Ding dazu bringen sollte, auf Grün zu schalten. Doch es blieb rot.

«Komm schon!» drängte Simon.

Unruhig warteten sie und mußten fast husten in dem Gestank von Abgasen und Dieselruß. Als ein Lastwagen vorüberratterte, vibrierte der Gehsteig, und sie reckten die Hälse, um Silvia nicht aus den Augen zu verlieren. Den jungen Mann konnten sie im Augenblick hinter dem Wald von Fahrzeugen nirgends mehr sehen.

Als die Ampel endlich auf Grün sprang, spurteten die drei hinüber.

Debora hielt Raffi bei der Hand, um sicherzugehen, daß die Kleine nicht plötzlich weg wäre.

Es gelang ihnen, ziemlich nah zu Silvia aufzuschließen.

Simon entdeckte ein Fotofachgeschäft. Durch die gläserne Eingangstür erkannte er, daß kein Kunde drin war.

«Ich kauf hier rasch eine Filmrolle!» In dem Straßenlärm verstand er kaum sein eigenes Wort. «Schaut genau, wo sie hingeht! Bin gleich zurück!» rief er den Mädchen zu und trat in den Laden.

«Und wenn sie uns entwischt?» Raffi sah Debora bange an.

«Kann ich auch nichts dafür», antwortete die Größere verbissen, während ihr Blick auf Silvia haftenblieb.

Die Hausangestellte eilte dem Gehsteig am Flußufer entlang und verschwand hinter einem Müll-Laster, in den zwei orangegekleidete Arbeiter gerade Abfalleimer hineinleerten. Debora lauerte darauf, daß Silvia auf der anderen Seite des Müllwagens hervorkommen würde, doch sie kam nicht.

«Oh-oh», machte Raffi beklommen.

Nach einer Ewigkeit tauchte Silvia endlich wieder auf. Sie nestelte im Laufen an einem ihrer Schuhe rum – vermutlich hatten sich die Schnürsenkel gelöst.

Jetzt entdeckte Debora auch Arthur wieder. Weiter vorne überquerte er gerade die Brücke zum anderen Ufer.

Simon kam zu ihnen hergeflitzt. In der erhobenen Hand zeigte er triumphierend eine kleine Filmschachtel.

Raffi seufzte erleichtert. «Na endlich!»

«Sie gehen da vorne über den Fluß!» sagte Debora.

«Gut!» Simon war sichtlich stolz, daß er sich auf seine beiden Schwestern verlassen konnte.

Atemlos hetzten die Kinder zwischen den vielen Leuten mit Einkaufstaschen und Aktenköfferchen hindurch den Bürgersteig entlang.

Plötzlich bemerkten sie, daß Silvia wie angewurzelt mitten auf der Brücke stehenblieb und auf die andere Flußseite hinüberstarrte. Sie folgten ihrem Blick und sahen dort ein Grüppchen junger Leute in fleckigen Kleidern am Ufer beisammenstehen. Arthur schlenderte eben zu ihnen hin und wurde sofort von ihnen umringt.

Debora, Simon und Raffi suchten sich einen Platz am Geländer, wo sie so nah wie möglich ans Geschehen herankamen. An der Brüstung fanden sie hinter einem leeren Betonblumentopf eine Stelle, wo die Sicht gut war, ohne daß sie selbst entdeckt werden konnten.

Von hier konnten sie erkennen, daß die bleichen, hageren Leute dort unten schrundige Arme voller geröteter Flecken hatten und unglücklich aussahen. Am Boden lagen Spritzen und Scherben von zerschlagenen Bierflaschen herum.

«Siehst du», flüsterte Debora zu Raffi, «das sind

Jump and win

Menschen, die Drogen nehmen – sie werden richtig krank... Und wenn sie damit aufhören, tut es ihnen furchtbar weh.»

Vor Mitleid biß Raffi sich auf die Unterlippe. Auch Simon konnte beinah nicht hinsehen.

Unten steckte Arthur verstohlen einigen der jungen Männer von dem weißen Pulver zu, das er inzwischen in kleinere Beutel abgepackt hatte. Sie gaben ihm dafür Geld, das er geschmeidig in seiner Tasche verschwinden ließ.

Einige der Männer saßen vor einer graffiti-verspray-ten Wand auf einer Bank und schabten nervös und zugleich teilnahmslos mit ihren verschlissenen Turnschuhen über den schmutzigen Boden. Fast alle hatten einen vergammelten Plastiksack bei sich. Einer aus der Gruppe packte gerade einen Löffel aus und hielt die Flamme seines Feuerzeugs darunter.

In diesem Moment sahen die Kinder, daß Silvia auf der Brücke umkehrte. Sie wirkte vollkommen geschockt und hatte Tränen im Gesicht. Wie blind schritt sie zwischen den Passanten hindurch und rempelte einzelne an, ohne darauf zu achten. Kopfschüttelnd drehten sich Leute nach ihr um.

Plötzlich wurde den Kindern bewußt, daß sie ja noch *vor* der Hausangestellten in dem Café sein sollten, damit diese nicht checken würde, daß sie sie verfolgt hatten.

Sie rannten die ganze Strecke zurück. Nur an der Ampel mußten sie kurz warten, bis sie über die Straße konnten. Ein paarmal spähten sie nach hinten, um zu überprüfen, ob Silvia sie vielleicht gesehen hatte. Doch sie war so in Gedanken versunken, daß sie überhaupt nichts von dem wahrnahm, was um sie herum vorging.

Abgehetzt erreichten die Kinder das Café. Sie setzten sich hinein und bestellten drei Colas.

«Ihr habt's aber eilig!» rief jemand von einem der Nebentische herüber.

Simon fuhr herum. Er konnte die Luft, die er vor Schreck angehalten hatte, gleich wieder rauslassen. Es war bloß Michael, der mit ihm in derselben Klasse zur Schule ging.

«Ach, du bist's.» Simon keuchte noch immer ein wenig.

Michael erklärte: «Ich war in der Papeterie da drüben, Schulsachen besorgen.»

Raffi und Debora sahen sich an. «Ja, Pingu! Die Schulsachen! Wir müssen unbedingt dran denken, die nachher zu holen!»

Michael hob seine Cola-Flasche und sein Glas und kam damit zu ihrem Tisch herüber. «Meine Mutter ist noch rasch einkaufen gegangen. Ich warte hier auf sie.»

«Wenn ich dich seh, fällt mir noch was ein», sagte Simon. «Du hast doch mal erzählt, deine Lieblingstiere seien Hunde, stimmt's?»

Michael nickte. «Und?»

«Wenn du willst, hätten wir ein kleines Collie-Hündchen für dich. Noch ganz jung – kaum von der Milch entwöhnt.»

Debora und Raffi schauten sich betroffen an.

Michael bemerkte das. «Und wie heißt das Hündchen?»

«Zwockel», antwortete Simon.

Ungläubig verzog Michael den Mund. «Zwockel?»

Die beiden Mädchen nickten energisch und wiederholten im Chor:

«Zwockel!»

«Aber du kannst ihn natürlich auch anders nennen, wenn dir das nicht gefällt», fügte Simon rasch bei.

«Nett, daß ihr an mich gedacht habt», sagte Michael. «Aber leider erlauben meine Eltern keinen Hund. Zu 'nem Teil versteh ich das auch. In der Wohnung würde sich das Tier nicht so wohl fühlen, und wir wohnen ja im dritten Stock.»

Simon nickte. «Das wär wirklich nichts für Zwockel.»

Auf den Gesichtern von Debora und Raffi breitete sich Erleichterung aus. Der Gedanke, daß Zwockel vorerst noch ein Weilchen bei ihnen bliebe, war ihnen gar nicht so unangenehm.

Gerade als die Serviererin die Colas brachte und die Gläser vollgoß, streifte Silvia draußen am Fenster vorbei. Ihrer Miene konnte man deutlich anmerken, daß sie todunglücklich war. Als die Kinder sie so sahen, tat sie ihnen richtig leid.

Die Stunde der Wahrheit: Drei Uhr morgens

18

Am Abend im Bett drehten die Gedanken der Kaminski-Kids auf Hochtouren. Aufgeregt grübelten sie darüber nach, was diese Nacht wohl bringen würde. Eigentlich gäbe es nur zwei Möglichkeiten. Entweder es gelänge ihnen zu beweisen, wer hinter der Sache mit dem weißen Pulver steckte, wodurch der Fall schließlich gelöst werden könnte. Oder irgend etwas ginge schief, und alles würde damit nur noch schlimmer werden. Irgendwie wär's den Kindern jetzt doch lieber gewesen, die Eltern wären nicht weggefahren und sie hätten sich nicht so vollkommen auf sich allein gestellt gefühlt. Doch das sagten sie einander natürlich nicht. Statt dessen beteten alle drei still, daß ihr Vorhaben gut herauskommen würde.

Simon vergewisserte sich mehrmals, daß er die Filmrolle richtig eingelegt hatte. Die Kamera hatte gesummt, während sie den Film automatisch einzog, und oben in der Leuchtanzeige war die Ziffer 1 erschienen. Alles in Ordnung, doch Simon wollte lieber einmal zuviel als einmal zuwenig nachprüfen, ob er wirklich nichts vergessen hatte. Der Wecker war frisch aufgezogen, auf kurz vor drei Uhr gestellt und lärmdämpfend umwickelt. Es sah ganz so aus, als wäre alles startklar. Simon löschte das Licht. Jetzt müßte er nur noch einschlafen können…

Den Mädchen wirbelten noch die Erlebnisse des Tages im Kopf herum.

Raffi dachte daran, wie sie im Schwimmbad des Nachbardorfs in der brütenden Nachmittagshitze ins kühle Wasser gesprungen war und mitten im fröhlichen Geschrei und Gespritze der vielen Kinder herumgeplanscht hatte. Hier im Bett hingegen war es heiß, und immer, wenn ihr einfiel, was sie diese Nacht vorhatten, begann ihr Herz wild zu klopfen. Sie drückte die Augen fest zu und versuchte Schäfchen zu zählen. Das Problem war bloß, daß sie gar keine Schäfchen sah. Also nahm sie sich vor, etwas zu zählen, das sie sah. Doch statt dessen fiel ihr wieder ein, was sie um drei Uhr morgens tun würden. Jetzt müßte sie nur noch einschlafen können…

Derweil ließ es Debora einfach keine Ruhe, was sie heute in der Stadt gesehen hatte. Die drogensüchtigen Menschen mit den vielen Schwären an den narbigen Armen und mit den traurigen Augen in den grauen, eingefallenen Gesichtern taten ihr so leid, daß sie beinahe weinen mußte. Sie wälzte sich schwitzend in ihrem Bett herum und überlegte hin und her, wie man ihnen vielleicht helfen könnte. Der Gedanke, daß in ihrem Treibhaus ein Beutel voll solchen Gifts herumlag, machte sie fast wütend. Sie drehte sich auf den Rücken und streckte die Füße unter der Decke hervor, um sie ein wenig abzukühlen. Tief atmete sie durch. Damit alles klappen würde morgens um drei, wäre es wichtig, daß sie frisch und voll auf dem Damm war, also genügend Nachtruhe hatte. Jetzt müßte sie also nur noch einschlafen können…

Als der Wecker losrasselte, war Simon schon wach. Er hatte zwar geschlafen, war aber von seiner inneren Uhr aufgeweckt worden. Nun brauchte er keine Sekunde, um das Rasselknäuel zum Schweigen zu bringen. Er fühlte sich fit und hellwach, munterer als an den meisten Tagen, wenn er um sieben aufstehen mußte – fast wie elektrisch geladen. Er mußte aufpassen, daß er nicht einfach zu den Mädchen hinüber joggte und dabei allen Krach der Welt machte. Sorgfältig streifte er sich den Tragriemen des Fotoapparats über und ließ die schwere Kamera vor seiner Brust baumeln.

Im Flur tastete er durch die undurchdringliche Dunkelheit nach der Tür des Mädchenzimmers. Er fand sie und glitt in den Raum hinein.

Wenn er geglaubt hatte, er müßte Raffi und Debora aus dem Schlaf rütteln, hatte er sich gewaltig getäuscht.

Denn auch die Mädchen waren bereits auf und standen wie unter Strom. Debora hatte die Pantoffeln angezogen, weil sie sich nicht wieder die Füße abfrieren wollte wie letztes Mal. Raffi saß fixfertig auf dem Bett und schaute aus aufgesperrten Augen in die Gegend, als müsse sie nächstens an einem Bungee-Seil von einer 200 Meter hohen Brücke springen.

In wenigen Momenten waren die drei zum Abmarsch bereit.

Simon zog die Tür auf und horchte in die Diele hinaus.

In Silvias Kammer drüben tat sich nichts. Kein Ton war zu hören.

Es konnte losgehen.

Hintereinander schlichen sie aus dem Zimmer und tappten die Treppe hinab. Raffis Händchen, das im Halbdunkel Deboras Hand umklammerte, war warm und feucht.

Unten verschanzten sie sich im Badezimmer.

Als der Riegel vorgeschoben war, atmeten sie auf. Bis hier hatte es fürs erste geklappt.

Simon hob den Wäschekorb hoch. Diesmal war das Ding viel leichter, weshalb es ihm fast aus den Händen segelte.

Wie im Traum schob er den Korb an die Tür, stieg rauf und blickte durchs Oberlicht hinaus.

Erst geschah nichts. Dann, nach einer Weile, geschah immer noch nichts. In der kühlen Luft lag kein Laut.

Aus der Ferne brummte ein Auto. Das Motorengeräusch war weit weg, doch in der Stille der Nacht konnte man hören, daß es sich näherte.

Das Brummen erstarb. Es klang, als wäre der Wagen am Ende der Dorfstraße geparkt worden.

Angespannt starrten die Kinder sich an.

«Arthur!» hauchte Debora.

Simon nickte.

Raffis Augen wurden noch größer. Ihr kleiner Körper begann vor Aufregung zu zittern.

Debora flüsterte ihr zu:

«Setz dich aufs Klo und tu so, als würdest du Pipi machen.»

Die Kleine glotzte sie an. «Warum denn?»

«Du bist unsere Versicherung. Wenn Silvia uns entdeckt, können wir immer noch behaupten, du hättest mal gemußt, und wir hätten dich begleitet. Falls sie uns das abnehmen würde.»

«Also, ich weiß nicht», maulte Raffi. «Immer der gleiche Trick.»

In diesem Moment klirrte im oberen Stockwerk der Wecker von Silvia los.

Die Kinder erstarrten.

Das Gebimmel hörte auf und wurde von lautem Ächzen abgelöst.

Schritte knarrten die Treppe herab.

Raffi flüsterte:

«Ich muß Pipi!»

«Mmmm!» machte Simon. «Muß das denn jedesmal sein?»

Debora sah Raffi durchdringend an. «Erst willst du nicht, und dann mußt du – ja was nun?»

«Ich muß, aber ich will nicht!»

«Ssst!» Simon hielt den Finger an den Mund und blickte streng vom Korb herab.

Draußen tapsten Tritte in die Diele. Sie kamen immer näher.

Als sie unmittelbar vor der Badezimmertür waren, hörten die Kinder auf zu atmen.

Die Schritte entfernten sich wieder.

Es war Zeit, die Luft wieder auszublasen.

Simon konnte durchs Oberlicht sehen, wie Silvia den Hinterausgang öffnete und das Haus verließ.

Der nächtliche Besucher ist wieder da

19

«Los! Schnell!» Simon sprang vom Korb herunter. Während er den Wäschebehälter zur Seite schob und die Badezimmertür aufsperrte, flüsterte er: «Vielleicht ist Arthur schon draußen und wartet auf Silvia – aber wir müssen unbedingt auf dem Foto haben, wie sie ihm das Zeug gibt!»

Die drei Kinder wetzten durch die Diele.

Vorsichtig zog Simon den Hintereingang auf und spähte durch den Spalt in die schwarze Nacht hinaus.

Im Schein des Mondes sah er, wie Silvia im Nachthemd ins Treibhaus verschwand.

Im Wald jenseits des gluckernden Baches uhute eine Eule.

Außerdem war aber noch etwas anderes zu hören.

Schritte knirschten auf dem Kies hinter dem Pflanzentunnel rasch näher.

Zu Raffi flüsterte Simon:

«Du hältst hier die Tür offen, damit wir so schnell wie möglich reinkönnen, wenn wir fertig sind! Klar?»

Die Kleine nickte beherzt.

Simon schaltete die Kamera ein, schlich raus und stieg auf das Mäuerchen gleich neben dem Ausgang.

Mit beiden Händen drückte er die Zweige des Busches auseinander. Wenn man die Sträucher so hielt, hatte man von hier den Treibhauseingang genau im Visier. Er sah, daß Arthur bereits dort wartete.

Simon winkte Debora zu sich. Dabei blieb er mit dem Pflaster seiner Hand an einem Ästchen hängen, und es wurde abgerissen.

Er unterdrückte einen Schmerzensschrei.

Reflexartig schaute er auf die Wunde. Sie war fast verheilt. Unwillkürlich blickte er zum sternenübersäten Himmel hoch und dankte Gott in einem Stoßgebet, daß er diese Krankheit nicht bekommen hatte und jetzt nicht außer Gefecht war.

Debora kletterte zu ihm aufs Mäuerchen.

Simon zeigte ihr, wie sie die Äste halten sollte. Sie beugte sich vor, preßte kräftig mit beiden Händen gegen das Gesträuch und schaffte es wirklich.

Gerade als alles bereit war und Simon die Kamera schußbereit im Anschlag hatte, trat drüben Silvia aus dem Gewächshaus zu Arthur.

«Na, alles klar, Baby?» hörten die Kinder Arthurs abschätzige Stimme.

«Gar nichts ist klar, ey.» Silvia blickte zu Boden. «Heute ist das letzte Mal. Ich steig aus.»

Verständnislos starrte Arthur sie an. «Soll das ein Witz sein?»

«Dazu ist es mir viel zu ernst.»

«Aber warum denn plötzlich diese Panik, Schätzchen?»

«Arthur, du hast mir gesagt, du hättest mit dem Stoff nichts zu tun – du müßtest ihn nur weiterleiten an deinen reichen Boß, der ihn für sich selber wolle.»

«Na und?»

«Nichts na und. Ich will einfach nicht mehr mitmachen. Das ist alles.»

Er lächelte sie schleimig an. «Du kannst nicht aussteigen, Baby. Erst wenn du deine Schulden bei mir bezahlt hast.»

«Die werd ich auf 'ne andere Art abstottern.» Sie streckte ihm den Sack hin. «Hier, nimm. Und komm nie mehr her!»

Arthur griff nach dem Beutel.

Simon hielt die Luft an, um den Apparat so ruhig wie möglich zu halten, und drückte auf den Auslöser.

Surrend stellte die Kamera das Bild scharf. Das Geräusch wirkte in der nächtlichen Stille so lärmig, daß Simon beinahe das Blut in den Adern gefror.

Noch mehr erschraken die Kinder aber über das, was die Kamera als nächstes tat.

Sie blitzte taghell.

Die Kinder hätten nie gedacht, daß der Foto-Blitz in der Nacht ein derartiges Wahnsinnsspektakel machen würde. Der totale Schock…

Aber Simon, Debora und Raffi waren nicht die einzigen, die wegen des Blitzes erschraken.

Arthur riß den Kopf herum. Auf einmal hatte er ganz harte Züge im Gesicht, und sein Mund war nur noch ein schmaler Strich.

«Was soll das denn?» rief er schneidend.

Hastig stopfte er den Beutel mit dem Pulver in seine Hosentasche und blickte in die Richtung, aus der es geblitzt hatte. Flink ließ Debora die Sträucher zuschnellen, damit Arthur nicht mehr hindurchsehen konnte.

«Keine Ahnung», antwortete Silvia entgeistert.

«Aber da war doch wer! Blitzen tut's nicht von selber!»

Die Kinder machten keinen Mucks und wagten keine Bewegung, um sich ja nicht zu verraten.

«Ich weiß es wirklich nicht», sagte Silvia. Ihr wurde inzwischen klar, daß hinter der Sache die Kinder stecken mußten – und daß die drei in ernsthafter Gefahr waren. Beklommen forderte sie Arthur auf: «Ach, komm schon, du hast ja, was du wolltest. Am besten, du ziehst jetzt Leine.»

Es entstand eine Pause, in der Arthur Silvia prüfend ansah und die Kinder schon hofften, er würde vielleicht wirklich gehen.

Doch dann brüllte er:

«Glaubst du, ich bin blöd?»

Er stürmte um die Büsche herum aufs Haus zu.

In diesem Moment geschah alles gleichzeitig: Simon sprang vom Mäuerchen und rannte über die weißen Steinplatten Richtung Scheune, Debora duckte sich unters Gebüsch, und Raffi versteckte sich im Hauseingang.

«Ah, da ist er ja!» schrie Arthur, als er Simon vorbeiflitzen sah, und jagte hinter dem Jungen her.

Simon schaffte es über den Hinterhof bis zum Schuppen. Er riß das Tor auf und wollte hineinschlüpfen, doch Arthur war schneller.

Er packte den Jungen bei der Schulter.

«Es ist nicht gut, mitten in der Nacht Blitze zu machen!» keuchte er und zerrte Simon den Fotoapparat über den Kopf weg. «Hast du das nicht gewußt, du Anfänger?»

Silvia suchte beim Hintereingang des Hauses nach den anderen Kindern. Forschend ging sie dem Gesträuch entlang auf und ab. Plötzlich sah sie Deboras hellen Pyjama durch den Busch leuchten und drückte die Zweige auseinander.

«Hier bist du… Hab ich's mir doch gedacht, daß Simon nicht allein da ist!» sagte sie leise.

Furchtvoll starrte Debora das Hausmädchen an.

«Du brauchst keinen Bammel zu haben», flüsterte Silvia. «Ich will euch helfen!»

Debora zögerte. Zaghaft begann sie, sich aus dem

Gebüsch zu lösen. «Wir haben alles gehört – wir wissen, daß Sie nicht mehr mitmachen wollten…»

«Das ist jetzt im Augenblick nicht so wichtig.» Silvia gab ihr die Hand, um ihr aus den Sträuchern herauszuhelfen. «Wichtig ist jetzt, was mit Simon ist.»

«Wenn ihm bloß nichts passiert!» fröstelte Debora. «Ich hab solche Angst – wir hätten es Mami und Papi sagen müssen!»

Silvia zeigte Richtung Schober. «Er ist da lang gerannt! Komm!»

Bange folgte Debora der Hausangestellten. Sie schlichen zum Hinterhof.

Im Mondlicht sahen sie auf dem Platz vor dem Schuppen die Kamera am Boden liegen. Als sie näher kamen, erkannten sie, daß der Apparat zerbrochen war.

Debora hob ihn auf. «Der Film ist weg!»

«Aber wo ist Simon?» fragte Silvia geschockt.

Vor Panik stiegen Debora die Tränen in die Augen. «Wenn er bloß noch lebt!»

Silvia blickte sich bestürzt um. Sie war ganz bleich.

«Wenn Arthur ihm was getan hat, bin ich mit schuld!» sagte sie mit zitternder Stimme.

Vorsichtig schob sie das Scheunentor auf.

Ein milchiger Schimmer fiel ins Innere. Ihre Augen suchten angestrengt den Raum ab. Plötzlich hörten sie aus dem Halbdunkel dumpfe Stöhnlaute.

Da! Im hinteren Teil des Schuppens bewegte sich etwas.

Sie rannten hin.

Tatsächlich, da war Simon! Er war an ein altes Wagenrad gefesselt und zerrte am Seil. Ein zusammengeknülltes Taschentuch war in seinen Mund gestopft.

Debora riß es ihm heraus.

«Er ist abgehauen!» keuchte der Junge und rang nach Atem. «Er hat den Film genommen und gesagt, ohne das Foto hätten wir keinen Beweis, und ohne Beweis glaube uns sowieso niemand ein Wort!»

«Da könnte er recht haben», meinte Debora, während sie Silvia half, den Jungen loszubinden.

In diesem Augenblick drangen Stimmen und das Gebell von Zwockel zu ihnen herein.

Retter in der Not

20

Als Simon befreit war, stürmten Silvia, Debora und er hinaus in Richtung der Geräusche. Was sie dort zu sehen bekamen, verblüffte sie alle.

Im Gewächshaus stand Arthur. Auf der Suche nach weiteren Drogenbeuteln hatte er die Topferde der vordersten Pflanzenkisten durchwühlt. Da er nicht wissen konnte, daß außer Simon noch andere Kinder auf dem Hof wohnten und im Haus kein Licht angegangen war, fühlte er sich sicher. Und weil er Silvia nicht mehr traute, wollte er sehen, ob er wirklich alle Lieferungen bekommen hatte.

Doch jetzt rührte er sich nicht vom Fleck. Denn vor ihm lauerte Zwockel knurrend am Boden, und Großvater verstellte ihm den Ausweg aus dem Treibhaus. An Opas Bein klammerte sich Raffi, die sich ängstlich hinter ihm versteckte.

Der alte Mann schaffte es, genau in Arthurs Richtung zu blicken. Wenn man ihn nicht kannte, wäre man nie auf den Gedanken gekommen, daß er praktisch blind war.

Arthur war völlig durcheinander. Nervös fragte er:

«Was erzählen Sie da von Drogen? Das ist doch 'n Märchen! Was wollen Sie eigentlich von mir?»

«Ich will bloß», antwortete Großvater, «daß Sie aufhören, anderen Menschen Schaden zuzufügen und sie auszunutzen.»

«Und das ist alles?»

«Das ist gar nicht so wenig», entgegnete Opa. «Woran haben Sie denn sonst noch gedacht?»

«Ich... Ach, ich hab überhaupt nichts gedacht!» sagte Arthur wegwerfend.

«Das kommt mir auch so vor», brumselte Großvater.

Die Kinder waren unglaublich stolz auf ihren Opa.

Sie hörten, wie ein Wagen auf die untere Zufahrt fuhr. Alle wandten den Kopf. Das Fahrzeug hatte auf dem Dach ein kreisendes Licht, dessen blauer Schein gespenstisch über den Hof, die Treibhäuser und die Fassade des Haupthauses wanderte.

Arthur wollte im ersten Augenblick wegrennen, doch er überlegte sich's anders, als zwei Streifenbeamte schon über den Kiesweg auf sie zukamen.

«Guten Abend», grüßte der eine. «Wir wurden von Frau Matten von der Dorfstraße angerufen. Weil die schon zum zweiten Mal einen Wagen nachts vorm Haus halten sah und einen Mann, der zum Blumenhof schlich.»

Die Kinder blickten sich erstaunt an. Ausgerechnet Frau Matten, die sonst immer wegen jeder Kleinigkeit schimpfte, kam ihnen jetzt zu Hilfe!

«Ist deren Neugier wenigstens auch mal zu was nutze», brummte Großvater.

Arthur sagte: «Ich bin gar nicht geschlichen! Ich bin ganz normal gelaufen!»

«Mich würde aber trotzdem interessieren, was Sie um diese Zeit hier zu suchen haben», bemerkte der Polizist ruhig.

Arthur hob die Schultern und sah sich unschuldig um. «Nur ein wenig spazieren. Die Gegend gefällt mir.»

Die beiden Beamten warfen sich einen Blick zu. «So, so, spazieren ...»

«Gar nicht wahr», sagte Debora hitzig. «Er hat 'nen Beutel mit weißem Pulver drin – wahrscheinlich Drogen!»

«Und mich hat er in der Scheune gefesselt!» rief Simon. «Und den Film hat er auch geklaut!»

«Ich?» Arthur zeigte erstaunt auf sich, und die Kinder fragten sich, wie jemand so echt Überraschung vorspielen und noch dazu lügen konnte. «Gar nichts hab ich! Also, das ist doch ...»

«Nun mal langsam, Kinder», sagte der eine Beamte. «Das klingt ja alles ziemlich verworren. Ich weiß nicht, ich weiß nicht ...»

Zwockel begann wieder zu knurren. Bevor jemand etwas tun konnte, sprang er mit einem Satz an Arthurs Hosenbein hoch und krallte sich fauchend fest.

«Hilfe!» schrie Arthur. Er versuchte, den Hund abzuschütteln. «Geh weg, du Biest!»

Doch Zwockel ließ nicht locker, sondern harkte sich nur noch verbissener fest. Durch das Gezerre wurde

Arthurs Hosentasche aufgerissen, und der Beutel mit dem weißen Pulver rutschte zu Boden.

Nun ließ Zwockel ab. Neugierig schnupperte er an dem durchsichtigen Sack herum.

Der Polizist bückte sich danach und hob den Beutel hoch. «Was haben wir denn da?»

Er gab ihn seinem Kollegen.

Der steckte den kleinen Finger in das weiße Pulver und leckte ihn ab. Ernst nickte er ihm zu.

Mit einem Stoß rempelte Arthur ihn zur Seite und stürzte davon.

Die Streifenbeamten setzten ihm nach und brüllten:

«Halt! Stehenbleiben!»

Beim Hinterhof holte der eine ihn ein und konnte von hinten seine Schulter packen.

Arthur versuchte ihn wegzuschleudern, doch der Beamte riß ihn zu Boden und zog seinen Arm auf den Rücken. Der andere Polizist ließ die Handschellen um Arthurs Gelenk zuschnappen.

Fluchend stand er auf und wurde zu den anderen zurückgeführt. An der Wange hatte er eine Schramme, und auf seiner Stirn glänzte Schweiß. Die Beamten stell-

ten ihn gegen eine Hauswand und nahmen eine Leibesvisitation vor, indem sie seine Hosenbeine und seine Jacke auf verdächtige Gegenstände abklopften.

«Ihr Schweine», raunzte Arthur noch immer keuchend.

Einer der Polizisten fragte erstaunt: «Was ist denn das?» und zog etwas Kleines, Schwarzes aus Arthurs Jackentasche.

«Der Film!» rief Debora. «Da drauf ist ein Foto von Arthur mit dem weißen Pulver in der Hand!»

Der Beamte lächelte. «Ein knallharter Beweis!» Zu Arthur sagte er: «Das wär's dann wohl.»

Die Kinder tätschelten und streichelten Zwockel überschwenglich. «Gut hast du geholfen, Zwockel! Braver Hund!»

«Ja wirklich, guter Hund!» bestätigte einer der Streifenbeamten.

Er zeigte auf den Beutel mit dem Pulver und fragte Arthur:

«Und wo haben Sie das her?»

Mit einer verächtlichen Kopfbewegung wies Arthur auf Silvia. «Na, von der da.»

Der Polizist blickte sie an. «Stimmt das?»

Sie sah zu Boden und nickte.

«Dann müssen wir Sie auch mitnehmen.»

«Aber er hat sie dazu gezwungen!» sagte Simon. «Wir drei haben alles gesehen!»

«Trotzdem.» Der Beamte legte auch Silvia Handschellen an. «Vorläufig sind beide festgenommen. Morgen nehmen wir eure Zeugenaussagen zu Protokoll, Kinder. Dann könnt ihr uns alles ganz genau so erzählen, wie es war.»

Der Held des Tages

21

Um neun saßen die Kinder und Großvater in der sonnendurchfluteten Küche beim Frühstück.

«Das war toll von dir!» Simon lächelte Raffi an. «Daß du in der Nacht Opa geweckt hast – nur dank dir war er mit Zwockel zur Stelle und konnte Arthur im Treibhaus erwischen!»

Die Kleine wippte mit dem Oberkörper vor und zurück und biß in ein Marmeladenbrot. «Ach, das war nichts Besonderes», mampfte sie. «Ich hatte solche Angst, daß ich gar nicht anders konnte, als zu Opa zu rennen!»

«Da sieht man's mal wieder – wenn ihr mich nicht hättet...» witzelte Großvater.

«Hast du trotzdem toll gemacht!» bestätigte Debora und klopfte Raffi auf den Rücken.

Die drückte ihren Bissen schnell runter, damit sie sich nicht verschluckte. «Aber ich mach mir auch ein bißchen Sorgen wegen Silvia. Was wird wohl aus ihr?»

«Ich glaube», sagte Simon, «sie ist da in was reingezogen worden, wofür sie gar nichts konnte.»

«Na, 'gar nichts' ist vielleicht ein wenig übertrieben», meinte Debora. «Aber zuletzt hat sie ihren Fehler ja eingesehen und sich auf unsere Seite gestellt.»

Simon nickte. «Es tut mir richtig leid, daß sie jetzt im Gefängnis ist. Ich frage mich, wie wir ihr bloß helfen könnten.»

Während die drei überlegten, klopfte es am Eingang.

Die Kinder federten hoch und rannten zur Tür.

Draußen stand ein großer Typ, der ein Tonbandgerät mit Mikrophon trug.

«Ich bin vom Radio», stellte er sich vor. «Auf unserer Redaktion ist eine Mitteilung der Polizei eingegangen.»

Unten auf dem Vorplatz hielt ein Auto an. Ein Mann stieg aus und nahm Fotoapparat und Notizblock vom Rücksitz.

«Ich bin von der Zeitung!» rief er, während er die Treppe raufkam. «Ich hätte gern ein Interview mit euch.»

«Ich auch!» entgegnete der vom Radio.

Simon, Debora und Raffi schauten sich an und mußten lachen.

«Wo hat sich alles abgespielt?» fragte der Zeitungsreporter.

Sie führten ihn hinters Haus und zeigten ihm die Stelle.

Er machte Fotos vom Treibhaus und vom Hintereingang, während der Mann vom Lokalradio das Tonbandgerät zur Aufnahme einrichtete. Dann hielt er ihnen das Mikrophon hin.

«Erzählt erst mal, wie das für euch war, als der Polizeihund vor eurer Nase den Drogenschmuggler anfiel!»

«Polizeihund?» Die Kinder blickten sich erstaunt an.

Debora zeigte auf das Hündchen, das mit Großvater

durch den Hinterausgang zu ihnen getapst war. «Meinen Sie etwa Zwockel?»

Der Zeitungsreporter schrieb alles auf seinem Block mit.

«Ach, das war gar kein Polizeihund?» fragte der Radiomann überrascht. «In der Mitteilung hieß es nur, der Fall sei mit Hilfe eines Hundes erledigt worden.»

«Nein», antwortete Raffi und bekam sofort das Mikrophon vor den Mund gehalten. «Das war Zwockel, der den Fall gelöst hat!»

«Wie schreibt man 'Zwockel'?» wollte der Zeitungsmensch wissen.

Die Kinder hielten sich den Mund zu, weil sie schon wieder lachen mußten.

Opa sagte: «Z wie Zwockel, W wie Wockel, O wie Ockel, und der Rest wie Jockel, aber ohne Jo.»

«Wie bitte? Buchstabieren Sie das noch mal!»

«Nö», brummte Großvater.

Das hatte zur Folge, daß die Kinder bloß noch lauter lachen mußten.

Leicht gereizt machte der Lange sein Tonband aus und raunzte seinen Kollegen an:

«Ist mir doch egal, wie man das schreibt.»

Der von der Zeitung ging nicht darauf ein, sondern sagte zu den Kindern:

«Könnt ihr euch mal hier hinstellen? Mit Hund, natürlich!»

Debora hob Zwockel hoch. Zusammen mit Raffi und Simon stand sie vor dem Treibhaus.

Der Reporter kauerte mit seiner Kamera so tief nieder, daß er fast am Boden lag. Er richtete das Objektiv auf sie und rief:

«Ja, so ist gut! Bitte lächeln!»

Das war nun wirklich etwas, das er den Kindern nicht extra hätte zu sagen brauchen. Der einzige, der nicht in die Kamera strahlte, war Zwockel. Doch auch er hatte den Mund weit offen: Genau in dem Moment, als der Reporter mehrmals hintereinander knipste, gähnte das Hündchen in genüßlicher Länge.

Etwa eine Stunde, nachdem die beiden Reporter gegangen waren, hielt ein Streifenwagen auf dem Hofplatz an.

Großvater und die Kinder wurden abgeholt und zur Zeugenbefragung auf die Polizeiwache im Nachbardorf gefahren.

Hier mußten sie nun schon zum zweiten Mal an diesem Tag erzählen, wie die Geschichte in allen Einzelheiten abgelaufen war.

Die Beamten waren sehr nett. Weil es gerade Mittagszeit war, bekamen die Kinder sogar belegte Brote und Limonade, und Opa schmeckte der Kaffee mindestens so gut wie daheim.

Als sie die Aussageprotokolle unterschrieben hatten, durften sie nach draußen, um wieder nach Hause gebracht zu werden.

Opa ließ sich auf dem Beifahrersitz des Streifenwagens nieder, die Kinder setzten sich hinten in den Fond.

Auf der Landstraße schauten sie aus den Fenstern auf die sattgrünen Felder und die blühenden Blumenwiesen.

Der Streifenbeamte hatte den Polizeifunk an, und leise lief auch das Radio. Als die Nachrichten begannen, stellte er das Radio lauter.

«Wie wir am Mittag berichtet haben, ist vergangene Nacht ein Rauschgifthändler verhaftet worden», quäkte der Nachrichtensprecher aus den Autoboxen. «Wir haben die Anwohner interviewt, die bei der Aktion dabei waren.»

Nun drang Raffis Stimme aus den Lautsprechern:

«Das war Zwockel, der den Fall gelöst hat!»

«Bei Zwockel handelt es sich um den Hund der Familie, der im entscheidenden Moment den Verdächtigen angegriffen hat», erklärte der Rundfunksprecher.

Die drei schauten sich stolz an.

Der Ansager quäkte:

«Nach neusten Meldungen ging der Polizei heute morgen ein Drogenhändlerring ins Netz, weil der in der letzten Nacht verhaftete Dealer ausgesagt und seine Mittelsmänner verraten hatte. Bei der Aktion konnten über fünf Kilo Heroin sichergestellt werden. Einen ausführlichen Bericht hören Sie später auf diesem Sender. Und nun zu weiteren Nachrichten.»

«Das habt ihr wirklich toll gemacht, Kinder», lobte der Streifenbeamte am Steuer und drehte das Radio wieder leiser. «Jetzt kriegt ihr natürlich auch die Belohung!»

«Belohnung?» fragten die Kinder hellhörig.

«Klar. Der Hinweis zur Ergreifung der Täter ist fünfzehn Tausender wert!»

Entgeistert starrten sich die Kinder an.

«Das gibt's doch nicht!»

Freudestrahlend klatschten sie sich gegenseitig auf die Hände.

Doch dann legte sich eine Sorgenfalte auf Simons Stirn. Er beugte sich vor. «Ich hab da noch 'ne Frage.»

«Nur zu, Junge», sagte der Polizist.

«Die Drogen», begann Simon, «die sind doch in einer Blumenlieferung aus Holland gekommen. Könnte nun verboten werden, daß Papi direkt von da Blumen einführt?»

Angespannt blickten alle drei nach vorne.

Der Streifenbeamte lächelte. «Nein, nein, da brauchst du dir keine Sorgen zu machen. Drogenhändler finden immer einen Weg, das Zeug ins Land zu schmuggeln – wenn nicht in den Blumen, dann eben im Zug oder im Flugzeug. Deswegen kann die Polizei doch nicht alle Züge oder Flüge verbieten!»

Die Kinder atmeten erleichtert auf.

Entspannt lehnten sie sich ins Polster zurück. Der Fahrtwind spielte in ihren Haaren, und die Sonne schien durch die Scheiben herein. Jetzt gäbe es sogar noch eine Belohnung! Heute war ein richtig schöner Tag!

Als sie über den Dorfplatz fuhren, sahen sie Laura und ihren Vater vor dem Gasthaus ADLER stehen. Zwischen ihnen tänzelte die Colliehündin Elsie, Zwockels Mutter. Laura winkte den Kindern herüber, und Herr Pollmeier hob anerkennend den Daumen. Er hatte offenbar Rundfunk gehört und war sichtlich stolz darauf, was aus dem Welpen geworden war, den er den Kaminski-Kids geschenkt hatte.

Auf der anderen Seite des Platzes fiel Frau Fürling im Tante-Emma-Laden beinahe von ihrem Sessel hinter der Kasse, als sie Simon, Debora und Raffi in einem Streifenwagen vorüberbrausen sah.

Am Ende der Dorfstraße beim Mattenhaus bemerkten sie, daß Frau Matten gerade am Fensterputzen war. Debora bat den Polizisten, kurz anzuhalten.

Sie kurbelte die Scheibe ganz runter und rief hinüber:

«Danke, Frau Matten, daß sie uns geholfen haben!»

Die alte Frau blickte auf und murrte:

«Ja, ja.»

Dann schrubbte sie weiter mit ihrem Lappen übers Glas, ohne ihnen nochmals Beachtung zu schenken.

Der Beamte gab Gas. Er fuhr der Wiese entlang und hielt auf dem gepflasterten Platz vor dem Blumenhof der Kaminskis an.

Dort standen schon reichlich Leute um Zwockel herum.

Rasch stiegen die Kinder aus und gingen nachschauen, was hier los war.

«Das ist also das Hündchen», sagte gerade jemand andächtig.

Viele der Besucher waren Kunden des Blumengeschäfts, und alle bestaunten Zwockel.

Zwockel, der Held des Tages.

Die große Überraschung

22

Mitten in das rege Treiben auf dem Hofplatz hinein kamen die Eltern nach Hause.

Sie rissen die Türen ihres Wagens auf, rannten auf Raffi, Debora und Simon zu und schlossen sie stürmisch in die Arme.

«Wir haben alles im Radio gehört und sind sofort gefahren!» sagte Vater.

«Das war ja 'n Schock: Drogen in meiner Blumenerde! Ich war richtig sauer auf Silvia!»

Raffi wandte ein:

«Aber sie hat es ja nicht freiwillig getan.»

«Ich weiß…» Vater schaute ihnen ins Gesicht. «Wie geht's euch? Ihr habt ja 'ne abenteurliche Nacht hinter euch!» Und schmunzelnd fügte er hinzu: «Wenn man euch *einmal* allein läßt!»

Mutter verdrückte eine Träne. «Jetzt ist mir auch klar, weshalb ich dieses seltsame Gefühl hatte und nicht wegfahren wollte…» Sie herzte die Kinder noch fester.

«Gott sei Dank ist alles gut gegangen.»

Die Umstehenden sahen gerührt der Szene zu.

«Das kannst du laut sagen!» rief Vater.

«Du, Papi», begann Debora. «Da ist leider noch was, das wir dir sagen müssen.»

Vater blickte sie an.

«Deine Kamera ist kaputt. Aber wir kaufen dir 'ne neue!»

«Wie das denn?» fragte er überrascht.

Debora strahlte ihn an. «Wir bekommen eine Riesen-Belohnung!»

«Was? Das müßt ihr uns erklären – irgendwie schnall ich das alles nicht mehr!» Mit einem Kuß lösten er und Mutter sich von den Kindern.

«Kommt, wir trinken eine kühle Limo, und ihr erzählt uns alles!»

Nachdem die Kinder berichtet hatten, leerten sie erst mal ihre Limogläser.

Mutter wandte sich an Opa: «Also, wie *du* zu den Kindern schaust, Vater – na, ich weiß nicht … Und dann gehst du auch noch selbst auf Gangsterjagd, mitten in der Nacht – wie ein abenteuerlustiger Junge!»

«Das war nicht zu vermeiden», schmunzelte Großvater.

«Jedenfalls schön, daß wir alle wieder gesund beisammen sind», lenkte Mutter ein.

«Aber jemand fehlt noch», sagte Raffi. «Wann wird Silvia denn wieder aus dem Gefängnis freigelassen?»

Vater wischte sich über den feuchten Mund. «Schon bald. Wir waren vorhin auf der Polizeiwache – mußten auch unsere Aussagen machen, obwohl wir ja nicht viel zu erzählen hatten. Dabei erklärte man uns, daß Silvia gezwungen worden war, bei der Sache mitzumachen. Das ist kein großes Verbrechen. Sie bekommt nur eine kleine Strafe und muß nicht ins Gefängnis. Dann kann sie ihre alten Schulden abbezahlen – von dem Lohn, den sie bei uns verdient.»

Die Kinder sahen auf. «Sie kommt zu uns zurück?»

Mutter nickte. «Wir konnten kurz mit ihr sprechen. Wir haben ihr angeboten, bei uns zu bleiben – und sie hat angenommen!»

«Dann wird sie auch wieder kochen?» fragte Simon nicht gerade begeistert, und die Mädchen seufzten verhalten auf.

Vater trank den Rest seiner Limo und stellte das Glas ab. «Es gäbe da eine Möglichkeit... Silvia könnte eine Ausbildung machen, wo sie alles lernen könnte: Kochen, waschen – damit sie eine richtige Haushälterin würde. Aber so was ist teuer...»

Deboras Augen leuchteten auf. «Wir haben doch jetzt eine Menge Geld!»

«Würde denn die Belohnung dafür ausreichen?» fragte Simon.

«Locker», antwortete Vater. «Da bliebe auch noch was übrig. Die Frage ist bloß, ob ihr das Geld dafür verwenden wollt – es gehört schließlich euch.»

Die Kinder schauten sich an.

«Gebongt», sagte Raffi, und die beiden anderen nickten. «Irgendwie haben wir die Belohnung ja auch wegen ihr bekommen! Da ist es doch kein Problem, ihr was davon zurückzugeben!»

«Seid ihr sicher? Ihr würdet das wirklich für Silvia tun?» fragte Mutter mit Freude in der Stimme.

«Klarer Fall», antwortete Simon. «Wir haben uns schon gefragt, wie wir ihr helfen können. Ist doch super, daß wir jetzt diese Gelegenheit haben!»

Vater sagte: «Ich finde es toll, daß ihr Silvia eine neue Chance geben wollt. Gott gibt auch jedem eine neue Chance, egal, wieviel Mist wir gebaut haben!»

«Ich bin stolz auf euch», doppelte Mutter nach.

Und Raffi strahlte:

«Jetzt wird Silvia bestimmt schon bald besser kochen!»

Weil Rufe und Gekicher von draußen in die Küche drangen, trat Vater ans Fenster und schaute raus. Unten auf dem Hofplatz stand immer noch eine ganze Ansammlung von Leuten. Einige kauerten vor Zwockel und ließen sich mit dem Hündchen fotografieren.

Lächelnd schüttelte Vater den Kopf.

In diesem Augenblick klopfte es an der Tür.

Die Kinder gingen nachschauen.

Draußen standen Freunde von ihnen, die in dieselben Klassen zur Schule gingen wie sie.

«Hey!» strahlten die Jungs und Mädchen. «Das habt ihr echt cool gemacht – wir haben's im Radio gehört!»

«Danke», murmelten die Kaminski-Kids etwas verlegen und wurden ein wenig rot im Gesicht.

«Ihr müßt uns alles ganz genau erzählen!» verlangten die Freunde.

«Schon wieder!» riefen die drei und lachten.

Aus der Diele trat Mutter mit einem Tablett voller Limo-Krüge und einem Riesenstapel Pappbecher und trug alles vorsichtig die Treppe runter.

Auf dem Vorplatz begann sie auszuschenken.

In der flirrenden Hitze des Tages ließen sich die Kinder und die Besucher nicht zweimal bitten.

«Auf Debora, Simon und Raffi!» rief Mutter, und die vielen Umstehenden fielen mit ein. «Auf unsere drei kleinen Helden!»

Inzwischen waren auch Vater und Opa rausgekommen.

Ausgelassen stießen alle mit Limo an.

Es wurde ein richtiges Fest, und den Kaminski-Kids tat bald der Rücken weh, so oft wurde ihnen die ganze Zeit über auf die Schultern geklopft!

Um die Sonnenblumen und Margeriten in den Holzkübeln vor dem Laden tanzten bunte Schmetterlinge durch die Luft. Zwockel sprang immer wieder hoch und versuchte mit der Pfote einen Zitronenfalter zu erwischen.

Vater beobachtete, wie die Kunden und auch andere Leute, die bisher noch nie auf dem Blumenhof waren, sich um Zwockel scharten, ihn tätschelten und kraulten.

«Das ist ja ein richtiger Magnet», staunte er. «Der Hund zieht die Kunden förmlich an – es sind sogar neue gekommen, nur um ihn zu sehen!»

«Eben», nickte Debora. «Siehst du, er vertreibt gar niemanden!»

Flehend blickte sie ihn an. «Papi, darf Zwockel bleiben?»

Als Vater zögerte, schlug Simon rasch vor:

«Wir könnten ihm von der Belohnung eine Hundehütte kaufen, damit ihr keine Auslagen habt!»

«Und Futter für ein paar Jahre!» ergänzte Raffi.

Vater schaute unentschlossen zu Mutter. «Was meinst du?»

Sie überlegte. Ihr Blick wanderte zu den Kunden, die Zwockel knuddelten, und wieder zurück zu Vater.

«Also … ich glaube, ich wäre einverstanden. Und wie siehst du das?»

Simon, Debora und Raffi starrten ihn an.

Langsam breitete sich ein Schmunzeln auf seinem Gesicht aus. «Okay. Also gut. Zwockel darf bleiben!»

Mutter und Vater fielen fast zu Boden bei dem Ansturm, mit dem die Kinder an ihnen hochsprangen und sie jubelnd umarmten.

Viele Kunden sahen ihnen erstaunt zu, wie sie Freudenschreie ausstießen und ihre Eltern drückten und küßten.

Debora rief:

«Ihr seid einfach Spitze! Die coolsten Eltern der Welt!»

Opa stand daneben und hatte wieder sein geheimnisvolles Lächeln im Gesicht.

Als Vater sich von der Umklammerung löste, nahm Simon seine Schwestern Debora und Raffi ein wenig beiseite.

Erst schauten die drei sich in die Augen. In diesem

Moment dachten alle dasselbe: Gott sei Dank ist die ganze Geschichte noch mal gut ausgegangen... Und Debora fiel wieder ein, was sie in der Nacht mal gebetet hatte. Lieber Jesus, dachte sie voller Freude, danke, daß du das Hündchen gerettet hast!

Strahlend hielt Simon den Mädchen die flache Hand hin. «Check!»

Beide klatschten ihre Handflächen auf die seine. «Check! Und jetzt gehen wir mit Zwockel spielen!»

Raffi machte einen Luftsprung und rief so laut, daß der ganze Hof es hören konnte:

«Klasse, Mann!»

Die drei Kaminski-Kinder liebkosten Zwockel, der übermütig an ihnen hochhüpfen wollte.

Dann flitzten sie mit dem Hündchen zwischen den vielen Leuten hindurch und tollten über den Hofplatz davon.

Kennst Du schon alle Abenteuer der Kaminski-Kids?

Hier sind sie: Band 1 bis 14 im Überblick

?

Die Reihe wird fortgesetzt!

«Die Kaminski-Kids» als Hörspiele

Auf Hochdeutsch
veröffentlicht vom Brunnen Verlag

- **Die Kaminski-Kids: Mega Zoff!**
  CD: ISBN 978-3-7655-8754-2
- **Die Kaminski-Kids: Hart auf hart**
  CD: ISBN 978-3-7655-8755-9
- **Die Kaminski-Kids: Unter Verdacht**
  CD: ISBN 978-3-7655-8757-3
- **Die Kaminski-Kids: Auf der Flucht**
  CD: ISBN 978-3-7655-8758-0

In Schweizer Mundart
produziert vom Verlag «Chinderwält»
(Universal Music)

- **D'Kaminski-Kids: I de Falle**
  CD: ISBN 978-3-03718-422-6
  MC: ISBN 978-3-03718-423-3
- **D'Kaminski-Kids: Uf heisser Spur**
  CD: ISBN 978-3-03718-480-6
  MC: ISBN 978-3-03718-481-3
- **D'Kaminski-Kids: Mega Zoff!**
  CD: ISBN 978-3-03718-093-8
  MC: ISBN 978-3-03718-094-5
- **D'Kaminski-Kids: Hart uf hart**
  CD: ISBN 978-3-03718-155-3
  MC: ISBN 978-3-03718-156-0
- **D'Kaminski-Kids: Unter Verdacht**
  CD: ISBN 978-3-03718-205-5
  MC: ISBN 978-3-03718-206-2
- **D'Kaminski-Kids: Uf de Flucht**
  CD: ISBN 978-3-03718-371-7
  MC: ISBN 978-3-03718-372-4
- **D'Kaminski-Kids: Entscheidig im Park**
  CD: ISBN 978-3-03718-496-7
- **D'Kaminski-Kids: Gfahr in Amsterdam**
  CD: ISBN 978-3-03718-543-8